幽默西游

之一

五嶽山神搶生意

周　銳◎著
賴美渝◎圖

序

昨天拿到了去臺灣的機票，一個月後我將飛過海峽。雖然現在從大陸去臺灣已很容易了，我還是有點感慨。二十年前我的作品開始陸續在臺灣出版，但二十年來我只能跟臺灣的朋友和讀者在大陸見面。這次我終於可以跟我的書一起去對岸，去跟我的臺灣讀者在臺灣見面了。在臺灣我會有幾次演講，其中一場是面對故事媽媽，主辦單位要我提供一個題目，我想了想說：「就叫《我是故事爸爸》吧！」在大陸還沒有故事媽媽這樣的團體，所以在臺灣的演講會給我新鮮又親切的感覺。

我已經見到聯經出版公司連續推出的《幽默三國》、《幽默紅樓》和《幽默水滸》，就差《幽默西遊》了。前不久有位臺灣朋友來我家，她正在做以我的作品為選題的碩士論文。在我的書房，她拍了一些照片用作資料，其中拍到一套名為《孫小聖與豬小能》的連環畫，這就是《幽默西遊》的前身。一九八七年，我剛從長江油輪調回上海，在鋼鐵廠當駁船水手。我們經常在一位朋友家裡碰頭，為了合作這套連環畫，一個人編腳本，一個人用鉛筆畫初稿，一個人用鋼筆勾線。有

時候我也必須畫幾筆，比如：孫小聖的兵器石筍和豬小能的兵器石杵，沒法說清楚，我只好畫給他們看。那時還沒有電腦，全用手寫、手繪，傳送文稿和畫稿都得親自搬來搬去。二十幾年過去了，現在的網路傳輸多方便。最近有位江蘇無錫的讀者給我發來郵件，說他小時候很喜歡連環畫《孫小聖與豬小能》，現在人到中年仍沒忘懷。他已無法再買到這套連環畫，問我能不能借他一套複印。我家裡保存了兩套，就把其中一套送給他。因為我很能理解那種童年情結。我的前輩任溶溶先生曾在上世紀六〇年代寫過一篇童話〈沒頭腦和不高興〉，那個叫「沒頭腦」的孩子當了建築師，卻忘記設計電梯，大家只好很辛苦地爬高樓。一個讀過這篇童話的小女孩後來真的當了建築師，她找到任先生，說：「我可從來沒忘記裝電梯啊！」這就是可愛又可貴的童年情結。我希望，再過二十幾年，有臺灣的讀者在大陸或臺灣見到我，或者沒有見到我卻給我發來電子郵件，你們會說：「我小時候讀過《幽默西遊》，我還記得孫小聖和豬小能的故事呢！」這多有意思啊！

周銳

目次

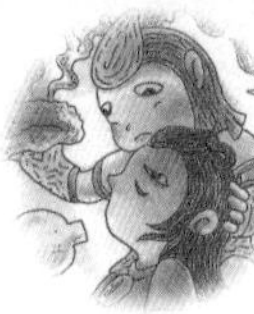

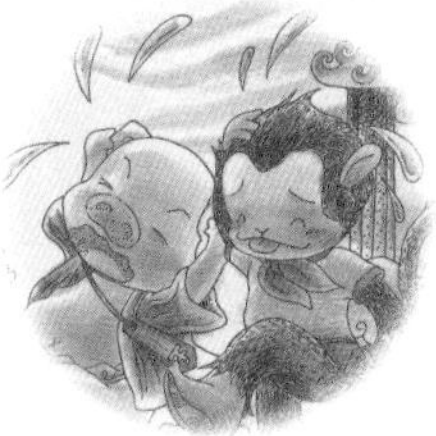

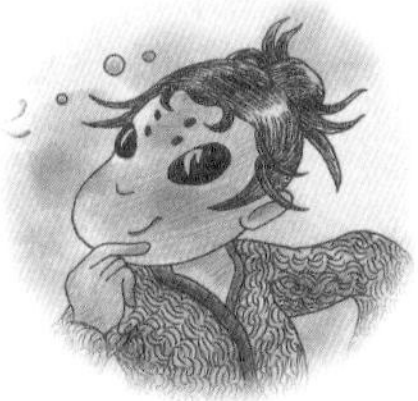

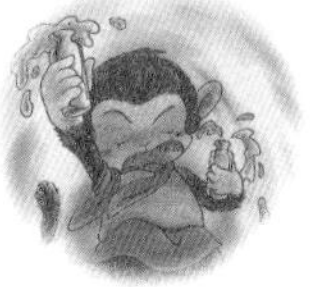

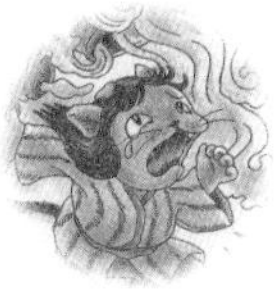

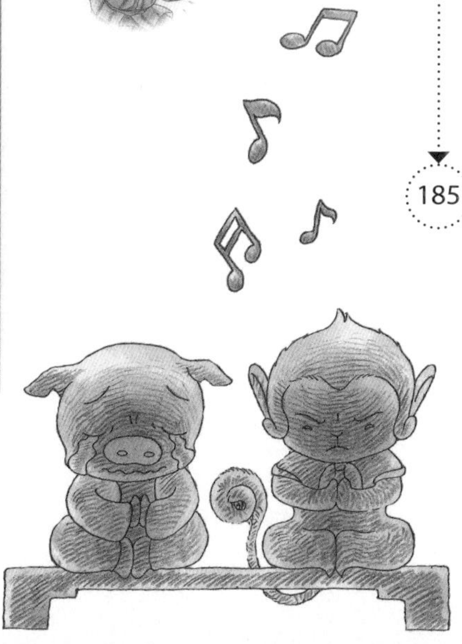

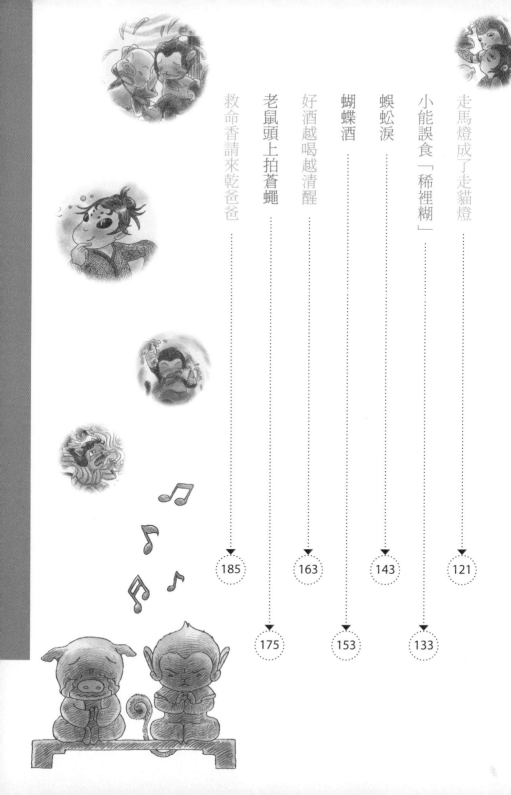

正副土地爺

一座土地廟前，圍著許多人。

小聖和小能駕雲路過，忍不住要看看熱鬧。

他倆降下雲頭，擠進人群，見廟牆上貼著一張告示。

小能說：「哦，是張尋人告示。」

小聖說：「不是尋人，是尋神。」

告示上寫道——

尋找土地爺
本廟土地
被風颳跑
拜求諸神
幫忙尋找
土地奶奶

看告示的人們議論紛紛：

「真新鮮，土地爺的骨頭真那麼輕，會被風吹跑？」

「大概在跟土地奶奶捉迷藏吧？」

大家正說笑著，忽然吹來一陣輕風，牆上的告示被「唰」地揭走了！緊接著，「啪！」換上另一張告示——

警告土地奶奶
土地是我抓
狐仙本領大
讓出土地廟
保住你全家
玲瓏三姐

「這狐仙竟如此逞能，我來替她改幾個字。」小聖說著，便掏出太白金星送的那枝筆，遠遠地對著告示畫了幾畫。這告示立即改成——

警告玲瓏三姐
土地被你抓
狐仙口氣大
放出土地爺
保住你全家
小聖

小能挺佩服的：「改得真棒！」

小聖說：「該不該為土地公公打抱不平？」

「該！」

「就憑咱倆的本事，對付個把狐仙還不是——」

小聖話沒說完，怪風又起，一下子就把他的帽子捲到半空。只見這帽子不急不慢地轉了三圈，便朝著東南方飛去。

「快！」小聖跳起來，對小能說，「跟著帽子走！」

小哥倆離開土地廟，緊追在怪風後面。追到荒郊，帽子飛進了一個深深的洞穴。朝裡一望，黑咕隆咚的。小能問小聖：「要進去嗎？」

小聖說：「怕什麼，走！」

於是，小聖在前，小能在後，摸著涼冰冰的石壁進了洞，越走越涼，越走越黑。

小能問小聖：「你的眼睛還睜著嗎？」

小聖說：「當然睜著，你以為我睡著了嗎？」

「不，我是說，反正什麼也看不見，何必浪費力氣睜開眼睛，我就把它閉上了。」

小聖覺得小能說得也有理：「不過，眼睛派不上用場了，也許能用用耳朵，聽聽洞裡有什麼動靜。」

小能說：「好像有聲音。我來喊一聲——洞裡有沒有人？」

立刻傳出應聲：「有——人——！」

小聖疑道：「只怕是回聲呢。不能這樣問。這回讓我來問，我問：『洞裡有人沒人？』如果是回聲，就應該是：『沒——人——』」

於是小聖大聲喊：「洞裡有人沒人？」

應聲又響起：「『有——人——！』」

「咦，真有人呢！」

小哥倆繼續摸索向前。不一會兒，看到亮光了，黃幽幽的兩點兒，一眨一眨的。靠著這點亮光，小聖能看見小能，小能也能看見小聖了，而且還模模糊糊地看見那發出亮光的人，一個鬍子長長、卻一根頭髮也沒有的老頭兒。

小聖和小能問那老頭兒：「你是狐仙嗎？」

老頭兒說：「我不是狐仙，我是被狐仙抓來的土地爺。剛才飛進來一頂帽子，是你們的吧？」

小聖接過帽子戴好。他覺得奇怪：「土地爺是保護老百姓的，怎麼連自己都保護不好呢？」

土地爺歎口氣：「那狐仙本事太大呀！她要我答應讓出

土地廟，才放我出去。想來想去，只好答應她啦！」

小能哼一聲：「真沒出息！」

「哼什麼？」土地爺不服氣，「你們鬥得過她嗎？再說，當土地爺也沒什麼好，千家來找，萬家來求，煩死啦！不信你們當當看。」

小聖說：「沒本事的人說沒本事的話！我們本來想救你出去的，但再把你放在土地廟裡，只不過繼續裝聾作啞，讓人家白磕那麼多頭！」

小能便跟小聖商量說：「要不，咱倆去當土地爺，肯定當得更像樣些。」

小聖還來不及回答，忽然聽到洞裡響起一陣大笑，一個女孩的聲音邊笑邊說：「你們以為自己的本事夠大了麼？」

土地爺悄悄告訴小哥倆：「這就是那個小狐仙，叫玲瓏三姐。」

小哥倆生氣了：「什麼三姐，敢笑話我們！不信等著瞧！」

「好吧，等著瞧！」女孩的聲音飄出了洞外。

小聖和小能趕緊出洞，駕雲直上凌霄殿。當土地爺這種事是要經過玉帝批准的。

＊＊＊＊＊＊＊＊＊＊＊＊＊＊＊＊＊＊＊＊＊

玉帝聽小聖和小能述說一番，心想：「這兩個小傢伙花樣真多。不過，與其把他們留在天上常常給我找麻煩，不如打發下凡，隨他們怎麼鬧。」便說：

「好，朕就成全你們，快快動身上任去吧！」

「多謝陛下！」小哥倆樂得跳了起來。

「可是……」一旁的太白金星覺得有點問題，「按規矩，一個地方只能有一位土地爺呀！」

玉帝揮揮手：「算了，這回就破個例，封小聖為正土地爺，小能為副土地爺。」

「等一等，等一等！」

聞訊趕來的是八戒。

「萬歲，」八戒急忙請求道，「乾脆破例破到底。」

玉帝不解：「什麼意思？」

八戒說：「乾脆讓我們三個人一起上任，省得當爸爸的牽腸掛肚。陛下就再加封一次，我可以當第二副土地爺。」

那金星把頭搖得跟撥浪鼓似的：「沒聽說過，沒聽說過！」

玉帝正在猶豫，只見小聖和小能嘴巴噘得高高的。

「不要爸爸一起去。」小能說。

「管頭管腳的，討厭啦！」小聖說。

八戒真傷心。

於是玉帝道：「從天上到地下，哪裡有新官上任帶爸爸的？小土地廟，容不下三個大菩薩，也不怕人笑話！」

無可奈何，八戒只好打消了想當第二副土地爺的念頭。

送兒子一直送到南天門外。千叮嚀，萬囑咐：

「兒啊，爸爸會託飛毛腿按時給你們送去新鮮水果。」

「爸爸，凡間也有水果。」

「可是你們吃慣了天上的水果……兒啊，碰到妖怪趕快跑回家，爸爸替你去打。」

「爸爸，您真囉嗦，真囉嗦！」

塑像大改造

正土地爺小聖和副土地爺小能，來到土地廟正式上任。

進了廟門，迎面看見的是土地公公和土地奶奶的塑像。

小聖說：「老土地爺走了，咱們新土地爺也該有個塑像啊。」

小能很贊成，「可是，請誰來替咱們造塑像呢？」

「咱們自己不能造嗎？」

是啊，捏泥人兒誰不會，挺好玩的呢！

小聖、小能便把土地公公和土地奶奶這兩座泥像推到一起，揉成一團。揉到

再也分不清哪處是土地奶奶、哪塊是土地公公，就將這個大泥球分作兩半。

小能對小聖說：「我比你胖，塑像要大一些，所以你得多分點泥給我。」

小聖說：「好吧！」就在自己的泥團裡又揪了一大塊給小能。

於是開始各做各的。

忙了好一陣子，兩座泥像捏成了。

小聖說：「瞧瞧我的，像不像？」

小能瞧了一遍又一遍。

小聖有些得意了，「沒想到我做的塑像這樣耐看。」

「不，」小能說，「我是仔細在找，哪個部位塑得最像。——好，總算找到了。」

「你快說出來，哪裡最像？」

「帽子最像。」

咳，這可太讓小聖洩氣了。

小能見小聖難受，便安慰他道：「別這樣，你還是瞧瞧我的塑像吧，也許它跟你的塑像一樣糟糕，你也就不用傷心了。」

聽小能這麼說，小聖點點頭，便來欣賞小能的塑像。——哦，真的，小能的手藝也不比小聖高明多少。

小聖想了想，說：「塑得不像，也許是因為自己看不見自己的模樣。這樣吧，現在我替你塑，你替我塑，面對面照著鼻子眼睛細細塑來，準錯不了。」

兩個換了位置，面對面地重新做起來。

可是，怎麼搞的，左弄右弄地一直做到深夜，還是不像！這才知道捏泥巴也不是件容易的事兒。

兩人正在懊悔，忽聽窗外有人尖聲發笑，「嘻嘻！真笨！」

半夜三更，這樣的笑聲真把人嚇一大跳。

接著，「吱——」關緊的廟門慢慢地、慢慢地自己打開，一個白白淨淨的紅裙少女走了進來。

小聖便問：「是你在笑我們嗎？」

少女反問：「難道你們這種笨樣兒

不可笑嗎？」

小能不服氣地說：「自己有本事才可以笑人家！」

「對呀，」少女說，「沒本事才被人家笑！——瞧我的吧！」

少女一伸手，不知從哪裡飛來一只銀盆。空空的銀盆中卻又能倒出水來，把水澆在沒做好的泥像上，和成一灘稀泥。

少女指著神龕，吩咐小聖和小能，「坐到上面去！」

小聖和小能便坐到原來土地公公和土地奶奶坐過的地方，要看這女孩玩什麼花樣。

「不行，要坐正，坐直！」兩個男孩雖然不耐煩，也只得照辦。

少女便用兩手大把大把地抓起稀泥，沒頭沒腦地糊到男孩們的臉上、身上。

「你幹什麼？搞髒了衣服，會被爸爸罵的！」小聖和小能大叫起來。

「別動！」少女不慌不忙地繼續糊爛泥，「給你們渾身糊上，等泥乾了，像脫衣服一樣脫出來，就是兩座再好不過的塑像了。」

小聖和小能只好一動也不動地坐著，聽憑那女孩將爛泥糊滿全身，最後只露出眼睛和鼻孔。

「好了，」少女在銀盆裡洗淨手，邊走邊說：「你們就耐心點，慢慢等著吧！」

那條耀眼的紅裙飄出門外，不見了。

小聖趕緊追上一句，「告訴我們，你是誰？」

門外答道：「玲——瓏——三——姐——」

小哥倆暗暗叫苦：正是那個小狐仙！

而且他們發現，被身上這層稀泥裹著，想動也動不了啦。脖子酸了起來，屁股痛了起來，可還不得不保持那種畢挺的姿勢。

「糟糕，中了小狐仙的詭計啦！」

小聖和小能沒法掙扎，就這樣從一更熬到二更，從二更熬到三更……熬過整整一夜，熬到紅日初升。

小聖叫著：「唉，渾身骨頭疼！」

小能哼哼：「一泡尿憋得好難過！」

廟門一響，走進來一位老奶奶，拄著拐棍兒，一邊走一邊搖頭。

她走到兩座神像前，瞇著眼睛打量了一陣，自言自語道：「喲，土地爺返老還童啦！——不對，那土地奶奶就該是個小姑娘呀。嗯，準是老兩口兒享清福去了，讓兩個小孫子來頂他們的班。」

小聖、小能不好作聲，心裡嘟囔道：「這老奶奶真會瞎猜。」

老奶奶又叫起來，「喲，這兩尊神像的眼珠還會動，看來一定靈驗。讓我禱告禱告。——二位小土地爺，保佑保佑我家老頭子吧，他中風了，渾身沒法動

彈。」

小能忍不住抱怨道：「我們自己都動彈不了啦。有句話叫『泥菩薩過江——自身難保』，用在咱們身上正合適呢！」

只見那老奶奶嘻嘻一笑，丟開拐杖，伸手把臉上溝溝坎坎的皺紋抹平。天哪，小聖和小能頓時傻了眼：原來老奶奶是小狐仙變的！

玲瓏三姐指著小哥倆笑道：「既然你們沒法保佑我，只好讓我來幫幫你們啦！」

三姐先走到小能面前，對他呵口氣。小能立時覺得皮膚發癢，渾身「劈劈啪啪」響，然後三姐幫小能把那乾了的泥殼兒脫出來。

接著，小聖也鑽出了泥殼。

小哥倆瞅著擺在神龕上的兩副泥殼，越瞅越覺得有意思。

三姐問：「怎麼樣？像不像？」

小聖和小能不得不承認：「像，真像呢。」

「不過，」三姐撇撇嘴，「當土地爺光有塑像還不行，得有本事為大家辦好事。」

這種話小聖、小能可不愛聽。

「我們可不是那個沒用的老土地爺。」

「別把人看扁了！」

這時聽見廟外傳來人聲，有燒香的人來了。

小聖說：「好哇，真金不怕火

煉，土地爺不怕燒香的。越是難辦的事，越能顯出我們神通廣大，保證有求必應！」

可是轉眼間，玲瓏三姐又不見了。

小能說：「這個小狐仙，老是這樣藏頭露尾，裝神弄鬼。」

小聖說：「不管她了。燒香的人就要來了，我們待在哪裡呢？」

小能說：「怎麼出來的就怎麼進去，只好再鑽進塑像嘍！」

小聖搖頭，「塑像裡太悶，動都不能動，難受死了。不如我們變一變模樣，混在香客中間，聽他們求些什麼，不是挺有意思？」

小能連聲贊成。於是各自搖身一變，變成兩個小老百姓。

剛變好，一群人鬧哄哄湧進廟門。

一位老漢看見小聖、小能站在供桌前，便把臉一沉，問：「娃娃，你們來幹什麼？」

小聖反問道：「你們來幹什麼？」

「來燒香拜神。」

「我們也是來拜神燒香。」

「那，」老漢又問，「你們怎麼不磕頭？」

小聖說，「從來沒磕過，您能磕個頭示範給我們看看嗎？」

瘤子和麻子

「行。」那老漢便趴到地上，一邊「咚咚咚」地磕起頭來，一邊指導說，「磕頭要磕得重，磕得響，這叫『響頭』。」

小能不忍心地說，「磕得這麼響，很疼的。」

老漢說：「不磕得響些，土地爺不會理睬你的。」

「不，」小能說，「可以磕得輕一點，不磕也行，新來的土地爺心腸不會這麼硬，特別是右邊那一個。」他指一指自己的塑像。

可那老漢不相信，還是一邊磕著響頭，一邊開始禱告：「土地爺，土地爺，

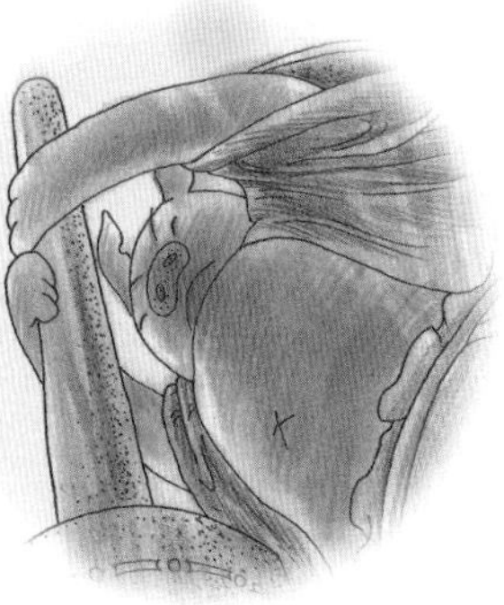

我的羊被老虎叼去了，求土地爺顯靈，把老虎趕到別處去吧！」

小聖一聽，這事兒容易！他搶先悄悄出了廟門，現出本相，「嗖」地一下躍上雲頭，轉眼間消失得無影無蹤。

不一會兒，有個耳朵特別靈的香客對大家說：「我好像聽到老虎叫！」

大家仔細一聽——真的！

「快關廟門！」

大家手忙腳亂地要把門堵起，小能卻說：「怕什麼，看看去。」

大家眼看小能大搖大擺地走了出去，於是也不好意思把門關緊，都擠在門縫旁，又好奇又害怕地朝外張望。

這時，「吼嗚！吼嗚！」虎叫聲更響亮了。大家終於聽清：這聲音來自空中。

「喲，老虎在天上！」

「而且好像有兩隻呢！」

那老漢嚇得「撲通」跪倒，朝天直拜，「我求土地爺把老虎趕走，想不到引來了天虎。天虎饒命！」

小能可不怕什麼天虎，他雄赳赳捲起袖子，揚起雙拳，「兩隻也好，兩百隻也好，全下來吧，讓你們『肉饅頭』吃個飽！」

說時遲，那時快，一對斑斕猛虎從雲端直撲下來。

好小能，指著猛虎大聲喝道：

「來吧，你們誰先落地，我就先打誰！」

兩隻老虎同時落地。

小能又說：「你們誰先跳起來，我就先打誰！」

兩隻老虎誰也不先跳起來。

小能近前一看，都死了，都摔死了。

這時從雲裡傳來小聖的大笑聲，「是誰求我把老虎趕到別處？我把別處的老虎一起抓來啦！」

怪不得有兩隻老虎，這根本是小聖存心顯本事。

香客們見老虎已經摔死，這才放心大膽地出來圍觀。

他們議論著，「這新土地爺真了不起！咱們這一帶的老土地爺們只想省事，老虎來了就趕開：南頭趕到東頭，東頭趕到北頭，北頭趕到西頭，西頭的土地爺又把老虎往南趕。這樣，轉了一圈，老虎又回來啦。這回可好了，連別處的老虎都順帶除掉一隻，可以太平一陣啦！」

見新土地爺這麼靈驗，又有一位香客跪下禱告道：「好土地爺，我們村鑿了一百口井，都不出水，保佑我們這次出水吧！」

一旁聽著的小能心想：「唔，這事我來。」

鑿井工地上，井上人大聲問井下：「見水了嗎？」

「見水？」井下回答，「見鬼！」

剛把下面的人吊出井口，只見井邊來了一隻腳。說是一隻腳，卻比船還大，於是大家感到有些奇怪，便順著這腳往上看去——喝，一個巨人，拿著一根不知有多重的大石杵，挺叫人害怕的。

這其實是小能，使了法術變得高高大大的，故意逞威風地嚇唬大家：「都給我讓開！」

打井的人們大吃一驚，一口氣逃出二十里。跑得腿疼腰酸，氣喘吁吁，剛想歇一歇，又聽見巨人的聲音從身後傳來：「你們不怕死嗎？再跑開二十里！」

沒辦法，咬著牙又跑了二十里，全都累倒了。

就在這時，後面驚天動地「咚」的一聲，把這些人都掀到半空中。

「媽呀！」

「地震啦！」

原來是小能用他那大石杵猛地朝地下一搗，頓時搗出個深深的窟窿，「嗤——！」冒出一股噴泉，濺起半天高。

「好小能，幹得不錯！」是小聖來了。

小聖說：「你也露了一手啦！」

兩人又變成香客模樣，得意洋洋地返回土地廟。

只見香客們正爭先恐後地向塑像磕頭呢！

有個小夥子埋怨旁邊的老翁，「你會不會磕頭？人家的頭都往地上碰，你怎麼朝我頭上撞？」

那老翁抱歉地說：「你瞧，這是因為我有兩個頭。正是為了去掉這個討厭的小頭，我才來求土地爺的呢！」

原來，老翁說的「小頭」指的是他腦袋上長出的一個瘤子。瘤子太大了，難免要碰到別人。

見此情形，小聖對小能悄悄嘀咕：「這可不好辦。」

「是呀，咱們不會治病呀！」

他倆正為難呢，忽然聽到小聖的塑像裡傳出聲音：「我們沒法拿掉瘤子。」

接著，小能的塑像也說話了：「這事只能去求玲瓏三姐。」哼，又是小狐仙鬧的把戲。小能說：

「她在自責自誇！」

那老翁病急亂投醫，連忙跪下高喊：

「玲瓏三姐，你在哪兒？幫幫我吧！」

這時，牆壁裡又傳出三姐的聲音：「我就在這裡。你把瘤子對準牆壁，狠狠地撞過來。」

「這……」老翁猶豫著，他還想多活幾天呢！

「快呀！」三姐催促道。

「好，」老翁心一橫，「我豁出去啦！」

他退後幾步，咬牙握拳，朝著牆壁直撲過去——「砰」！

老翁被反彈回來，坐倒在地，腦袋撞得嗡嗡響。等定下神來，摸一摸頭——只有大頭，小頭不見啦！

這可真神。大家都去摸老翁的頭，老翁也樂意讓大家摸。

小聖和小能見了，心裡酸溜溜的。

又有個臉上斑斑點點的婦女，對著牆壁跪下：「好心的三姐，求你把我的醬油麻子拿掉吧！」

這一回，三姐的聲音從上面傳來：「我在這兒呢！」

大家抬頭看，見那三姐高高地坐在屋梁上，對求告的婦女笑問：「你怕髒嗎？」

婦女保證說：「只要能除掉麻子，我什麼都不怕！」

三姐便從梁上悄悄抓了一把什麼，朝那婦女劈頭撒下來。

梁上有什麼呢？乃是幾百年香燭燻燎而成的油煙塵垢。那婦女正仰著臉等待恩賜，忽然大把的黑灰飛下，她「啊呀」一聲，來不及躲避，被糊得滿頭滿臉，眼睛都睜不開。

她哭著衝出廟門，朝河邊跑去，邊哭邊罵：「該死的小狐仙耍弄我！」

等到她用河水把髒臉洗淨，河面上映出她的面容——咦？她發了呆，臉上的麻子一粒都不見了！玲瓏三姐真是神通廣大，有求必應。

第二天，百姓們在土地廟旁又開始動工，要建造一座玲瓏祠。

北斗醫經

沒幾天，玲瓏祠造好了。

小聖和小能覺得土地廟裡好冷清。

兩人走出廟門，看見玲瓏祠外熱鬧非凡，男女香客排著長隊朝裡擠。

「怎麼都到那邊去了？」小聖說。

「大概因為小狐仙長得比咱們好看吧！」小能說。

「去看看。」

他們又變化了模樣，悄悄混進玲瓏祠。

只見玲瓏三姐的塑像供在中間，光彩照人。

香客們磕頭禱告，立刻有效——矮郎君馬上長高，胖大嬸變得苗條，歪脖兒不偏不倚，結巴子出口滔滔……

香客換了一批又一批，小能看得又慚愧又喪氣。

小聖卻說：「她不過仗著有點醫術，沒啥了不起的！」

小能說：「可咱們只要比不過她，大家就不會來土地廟了。」

小聖眼珠一轉，有了主意，「要學醫術不難。聽說北斗星君有一部《北斗醫經》，咱去借來看看。」說走就走，小哥倆駕起雲頭，直投北方而去。

北斗七星像一把長柄勺子，北斗星君有時住在勺子裡，有時住在勺柄上，很不好找。

小聖和小能找遍七星，好不容易見到星君。

「星君，」小聖恭恭敬敬行個禮，「我們想借您的醫經讀一讀，也好給人治病啊。」

星君微笑道：「這倒是好事，只怕你們攜帶不便。」

小能問：「這書有好多好多本麼？」

「你們跟我來。」

北斗星君將小聖和小能帶到後花園，指著一塊大青石說：「我的醫經就寫在這石上。」

小聖和小能興匆匆來看醫經。先看了青石正面，又看了背面，最後抬起石頭連底下都看了。他們終於很失望地叫道：「這上面一個字也沒有啊！」

星君解釋說，「白天看不出的，要到夜裡北斗橫空時，石上的字才會顯現出來。」

小能說：「最好寫在紙上，學起來才方便。」

星君便說：「那你們可以把經文抄錄一遍。」

小聖卻不耐煩地說：「這麼多字，要抄到什麼時候！星君如果肯借，乾脆讓我們抬回去吧。」

星君笑道：「你們不嫌重，就抬回去吧！」

「謝謝星君！」

星君給了杠子、繩子，小哥倆抬起巨石，「嗨喲嗨喲」地打著號子，返回土地廟。

路遠無輕擔，抬出一身汗。眼看快到了，只聽有人招呼：「喂，你們抬石頭幹嘛？」

一看，原來是李天王從這兒路過。

小能老實，脫口便答：「這是我們借來的《北斗醫經》。」

李天王上次龍門作弊，被小聖和小能揭穿，至今還懷恨在心。他想趁機捉弄一下小哥倆，便搖著頭說：「這石頭看來並不重。」

小能不服氣，「不重？你試試！」說著便從肩頭卸下杠子，遞給李天王。

「總比我的寶塔輕多了吧？」李天王一邊嘟囔著，一邊手裡暗做動作，假裝沒接穩，使杠子一頭落空，「轟隆隆！」巨石滾下亂石坡。

「哈哈，一時失手，一時失手！」李天王捧著寶塔走掉了。

真糟糕，亂石坡上都是石頭，分不出哪塊石頭是《北斗醫經》了。

小聖和小能亂找了一陣子，沒個結果，小聖便說：「算了，先回去，等晚上出星星時再來找吧！」

小能說：「對，那時就可以看出石頭上的字了。」

一邊走，小聖一邊對小能說：「咱們讀完《北斗醫經》，治病的本事就超過小狐仙了。」

正說著，小能朝上面指，「玲瓏三姐！」

真是三姐，她高高的坐在一棵大樹上，問道：「你們的醫經呢？」

小聖本想保密的，但小能老實，一下子說了出來：「是塊石頭，掉在亂石坡了，出星星時才能看出石上的字。」

三姐聽了一笑，又問：「要是晚上不出星星，怎麼辦？」

這可把小哥倆問住了。

小聖挺不高興地頂了一句：「你別盡說倒楣話！」

可是真讓三姐說中了。到了晚上，小聖和小能要去亂石坡找醫經，一看天空，今晚多雲，星星出不來了。

他倆正在懊惱，小能突然眼前一亮，「瞧，那是什麼在發光？」

玲瓏三姐迎面走來，她手擎一顆寶珠，晶瑩奪目，熠熠生輝。

「這是我的星光夜明珠，我已經用它找到了《北斗醫經》，跟我去抬吧！」

一邊跟著走，小聖和小能心裡嘀嘀咕咕：「怎麼被她找到了？」

「你們看，」來到亂石坡，三姐手拿寶珠東照西照，果然見到一塊青石現出了字跡，「這不就是你們的醫經嗎？」

仔細一瞧，一點不差！小聖和小能高高興興謝了三姐，取出繩索，將那經石抬起就走。

走在路上，小聖忽然問起三姐：「這麼說，你已經將我們的醫經讀過一遍了？」

三姐說：「不但讀過，我還背下來了。」

小聖目瞪口呆，暗暗叫苦。

小能口快，「我們原來想超過你的。」

「傻瓜，」三姐笑道，「大家一起多學點本事，有什麼不好？」

小聖和小能把《北斗醫經》抬回土地廟，每天晚上苦讀苦學——星星

不出來的時候，便向三姐借夜明珠，那三姐倒也大方。

總算讀完讀懂，全部精通。小聖和小能要用醫經來為大家治病了。

這天早上，小聖和小能剛剛鑽進塑像，準備辦公，只聽「篤，篤，篤，篤」，廟門外來了個拄著雙拐的人，他的兩條腿全沒了。

那人趴在神像前磕頭禱告：「土地爺，可憐可憐王二吧。給我兩條腿，我給你們一隻雞。」

藏在塑像裡的小能想了想，對王二說：「應該給兩隻雞。」

王二見土地爺發話，又驚又喜，連忙一口答應：「行，兩隻就兩隻！」

小能便道：「你不是要腿嗎？我來給你想個法子，別急。」

為什麼說「別急」？原來，整整一部《北斗醫經》，小能全都背得滾瓜爛熟，但一下子卻想不起治腿的祕訣是在哪一段了。無奈，只好在心裡從頭背誦《北斗醫經》，這樣，總會背到治腿那一段的。醫經的第一段是治斜眼的，接下來是治紅鼻子、治歪嘴、治結巴、治招風耳朵……

可那王二等得不耐煩了，「土地爺，怎麼沒動靜啦？我只要兩條腿，兩條就夠了。而且您也不是白給的，我那兩隻雞可是道道地地的『九斤黃』，肥得流油呢！」

「你囉嗦什麼！」小能發火了，「你只知道要腿，以為很容易的是吧？我正替你用功呢！」

王二被小能這麼一吼，嚇得直磕頭。

小能平下氣來，剛想繼續，又忘了已經背到哪兒啦？都給王二攪亂了，只好重新來過。

小聖早就看不下去了，說聲：「我來吧！」立刻按著祕訣念動咒語，只聽「嗖」的一聲——不知從哪兒飛來一把鐵鍬，直挺挺地插到王二面前！

給王二種腿

小聖吩咐王二：「用這把鐵鍬挖個坑。」

王二看看鐵鍬，為難地說：「我從沒使過這傢伙。再說，我也沒腿……」

小聖說：「你要是不想要腿，就別挖坑。」

「我挖，我挖。」

王二挖了個小坑。

小聖不滿意，「再挖深一些！」

王二只好再往下挖了些，然後問：「這回行了吧？」

只聽小聖說：「王二，你快爬進坑裡，把自己埋起來。」

「什麼？」王二忍不住叫道，「這不是想要我吧，跟種樹似的？」

塑像裡傳出小哥倆的笑聲：「不是種樹，是種腿！」

王二猶猶豫豫地把自己埋了起來，只露出腦袋。

只聽兩位小土地爺齊聲念道：

不長地瓜，不長紅薯，
長出兩條腿兒好邁步。

王二立即叫道：「腿根發熱、發脹，像有兩條大蟲朝外爬！」

又聽念道：

不長生薑，不長蘿蔔，
長出兩隻腳丫好走路。

那王二三下兩下扒開浮土，「托」地跳出坑外——他能跳了，他有腿啦！

王二扛起他那對拐杖就往外跑，邊跑邊回頭打招呼：「我馬上送雞來！」

不一會兒，王二回來了，頭頂一個大盤子，盤子裡是兩隻烤雞。

王二跪下說：「這雞是用我的拐杖烤熟的，二位土地爺請嘗嘗。」

兩隻雞烤得熱騰騰的，香味直朝神像裡鑽。

小能便吩咐王二：「那你回去吧，我們好吃雞。」

「是。」王二將烤雞放在供桌上，又磕幾個頭，「我回去了。有了腿，我就可以回去幹老本行，今後還望二位多多幫忙，保佑我生意興隆，手到成功。」

小聖疑惑道：「你究竟做的是什麼生意？」

正說著，廟外有人高喊：「二位土地爺，先等等！」

一位農婦氣喘喘地跑進來，她一把揪住王二，在神前訴道：「你這被人打斷腿的賊，如今長出腿來，又偷我的雞！」

沒想到是這樣！

不該幫王二的，不該要偷來的雞，這事弄得真丟人，幸虧還有神像殼子擋擋羞呢。

那農婦接著求道：「二位土地爺本事大，替我把雞變活吧，我還要靠牠們下蛋換錢呢。」

小聖和小能又傻了，要讓烤熟的雞再下蛋，這可不好辦呀！

農婦等了一會兒，不見動靜，氣得起身大罵土地爺：「哼，你們跟賊骨頭一個樣，白給你們磕頭了！我找隔壁小狐仙去。」

農婦提起兩隻烤雞，氣哼哼地走了。

見廟裡再沒有別人，小聖和小能從神像殼子裡鑽出來。

玲瓏三姐會怎樣對付這兩隻烤雞，小哥倆很想知道。

小聖說：「咱們變化一下，去隔壁看看。」

於是，小聖變成蝙蝠，小能變成麻雀，悄悄飛進玲瓏祠，停在屋梁上往下看。

只見那農婦樂得直拍手，兩隻烤雞已經在地上轉著圈子跳起舞來。

「不過，」農婦還覺得不滿足，又向玲瓏三姐的塑像拜求道，「雞身上沒毛總是難看，最好……」

塑像立即發話：「去找兩把雞毛撣子來。」

農婦跑出去，不一會兒又跑回來，「雞毛撣子找來啦！」

塑像裡又傳出指示：「拿撣子對雞狠狠抽。」

「要是抽死了呢？」農婦很擔心。但又一想，不要緊，反正三姐能再救活。

於是農婦狠一狠心，掄起撣子，對準雞的腿上「嗖」地就是一下！

那雞驚叫著飛跳起來。再一看，咦，被抽打過的雞腿上已經長滿了羽毛！

屋梁上，變成麻雀的小能悄悄對變成蝙蝠的小聖說：「真怪，這個戲法兒怎麼變的？」

小聖說：「你沒看見，是撣子上的雞毛長到雞腿上去了。」

「嗖！嗖！嗖！」農婦更起勁地揮舞起雞毛撣子。不一會兒，兩把撣子都成了光棍兒，而兩隻沒毛的雞卻已經羽翼豐滿、神氣活現了。

農婦千恩萬謝，抱起一對母雞剛剛走出玲瓏祠，又有一個村漢急匆匆跑來，嘴裡高呼：「三姐，南山起了大火，求三姐降雨滅火！」

小聖不樂意了，悄聲對小能說：「真氣人，什麼事都朝這邊跑！」

「就是嘛，」小能附和道，「好像只有她一個人會降雨。」

「好，」小聖的妒忌心上來了，「咱們就和她比這個，看雨聽誰的話！」假麻雀和假蝙蝠又悄悄飛出玲瓏祠，都現出了本相。小聖便帶著小能升空而起。

小能問：「上哪去？」

小聖也不答話，只顧向四方仔細觀望。

小能又問：「看什麼？」

小聖朝東一指，「來了！」

只見從東海方向飄來一朵白雲，駕雲而來的是雄赳赳的小白龍太子。

小聖迎面招呼道：「小白龍，是來降雨的吧？」

小白龍說：「是啊，剛才聽到一位仙家召喚，說是南山起火了，便匆匆趕來救助。」

這時二郎神楊戩正好路過，他是最喜歡偷聽別人說話的，便先扯一扯身邊的雲朵遮住自己，再扯一扯頭上的耳朵，好聽個究竟……

只聽小聖把與玲瓏三姐「別苗頭」的事對小白龍說了一遍，「我要讓大家看看，咱們的本事比小狐仙大！」

小白龍最講義氣，只要是為了朋友，就算拔了他的角他也做，於是一口答應：「好吧，我聽到你們的號令再降雨。」

楊戩暗笑道：「哈，有一場熱鬧可看

了！」上次他和李天王壓低龍門，向輕易成龍的鯉魚們收龍鱗賣錢，沒想到被小聖、小能揭了醜，發誓一定要狠狠算計一下這兩個小崽子，今天機會來啦！

* * *

再說玲瓏三姐，為了求雨，該做的都做了，該念的都念了，卻連半滴雨都沒掉下來，急得她登上祠外的大樹，眼望天空，心裡嘀咕：「怎麼一點動靜都沒有？」

天上飛來兩朵雲，轉眼間，小聖和小能來到三姐面前。小聖嘲笑地問：「你的雨呢？你乾脆大哭一場，用眼淚救火吧。告訴你，什麼時候下雨得咱們說了算！」

這時楊戩已悄悄從瑤池搬來一個炸肉丸子用的大油鼎，「哼，我給他來個火上澆油！」……

小聖正神氣活現地對三姐說：「你快把傘準備好，我要下令降雨啦！」

「不好了，」又有百姓跑來，「山火蔓延，越燒越兇啦！」

三姐遠觀火勢，眉頭一皺，又抓了一把從南山飄來的煙氣，嗅了嗅，「怎麼有股油味？」她立刻變了臉，「小聖，你為了跟我搗蛋，竟敢火上澆油，太惡劣了！」

玲瓏三姐怒衝衝抽出雙劍，「嗖！」「嗖！」兩道寒光直逼小聖。

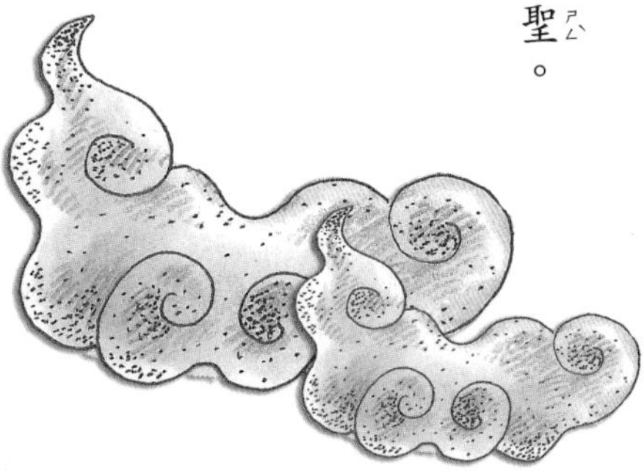

紅鬍子怪老頭

小聖慌忙躲閃，一邊大叫：「這不是我幹的！」

小能說：「我證明！」

三姐「哼」一聲，「我先去救火，等會兒再跟你們算賬！」說完收起寶劍，直往南山飛去。

小聖愣了愣，隨即對小能說：「咱們也去看看。」

南山烈焰熊熊，成了個大爐子，不是神仙真沒法靠近。三姐已在那兒奮力撲救，她把袖子左一甩，右一甩，於是起了一陣陣的大風。這風能把人吹得睜不開

眼睛，能把鳥吹得搧不動翅膀，可就是吹不熄南山的大火。

小聖和小能把小白龍帶來了。小白龍張大嘴，嘩嘩嘩直吐水……可是，水歸水澆，火歸火燒，這火竟不怕水，急不急人？

這時又飛來一青一紅兩朵彩雲。駕青雲的是一員青袍小將，駕紅雲的是一員紅袍小將，出奇的是，他們都比別人多兩隻眼睛。

小能便叫：「楊家兄弟來了。」

來的正是楊戩的兒子，冰眼楊不輸和火眼楊不敗。

「哪個混蛋放的火！」他們不知道這個混蛋就是他們的爸爸。

小聖見風和水都沒用，連忙招呼楊不輸：「快試試你的冰眼，用冰救火！」

楊不輸響亮地答應一聲，仰面朝天，見一朵閒雲悠悠地飄來，便將額上那對

眼睛猛地睜開——「唰！」「唰！」兩道寒光準準地射中雲朵，那雲朵立刻凍成一個大冰塊。

冰凍的雲朵不再那樣輕飄飄了，於是開始慢慢下降。急性子的楊不敗等不及了，凌空躍起，將冰雲一把擒下，放在帶來的大鼎裡幾拳頭搗碎，便朝山火嘩啦啦潑出去！

冰雲的碎塊散落到火焰中，只聽「嗤嗤」一陣響，咦，蒸人的熱浪轉眼間消退下去，燒紅的南山由紅轉青，甚至散發出一縷縷的涼意！——可是，仍然是滿山大火，火勢兇猛，只不過熱的火變成了冷的火，紅的火變成了青的火。

「不行，」小聖叫道，「得去找火德星君幫忙，他有個收火葫蘆！」

小能也跟著一起去了。

玲瓏三姐吸著鼻子，她的鼻子很靈敏的。

她指著那個裝冰塊的大鼎，問楊不敗：「這是哪來的？」

楊不敗說：「路上撿的。」

三姐伸手去鼎裡一摸，指頭上立刻沾滿油污，她又細細聞了這油味，說：「這是用天核桃熬成的油，一燒起來就不易撲滅。南山上正是澆了這種油，可是小聖身上沒有這種味道，我大概錯怪他了……」

正尋思著，聽到空中沒好氣地吼道：「不輸！不敗！快跟老子回去！」

兄弟倆見爸爸來了，連忙說明：

「我們在想辦法救火呢！」

「還要找出火上澆油的壞蛋。」

楊戩一聽這話，喉嚨不再那麼響了，「哼，多管閒事。」說著便要轉身離開。

可是機敏的三姐已經發覺：「咦，楊戩身上有天核桃油的氣味！」便一邊招呼，「二郎神，等等我！」一邊緊緊追了上去。

楊戩見三姐追來，心裡有些發毛。

三姐問：「你身上好香啊，塗了什麼油？」

楊戩說：「我也不知道，是我老婆給我抹上的，大概是蛤蜊油吧？」

三姐搖頭：「不對。」

「那，也許是生髮油。」

「也不對。」

「會不會是蔥油？」

「又不是做餅！——我知道，一定是天核桃油，不會錯吧？」

「噓！」楊戩朝三姐搖搖手指頭，「我不明白，你為什麼不去找小聖算賬呢？」

三姐反問說：「你真以為我這麼傻，那樣，我豈不是白白取了『玲瓏三姐』這個名字了？」

「對，」楊戩說，「誰都想要有個好名聲，誰都會用自己的力量保護這個好名聲。」

「嗖嗖嗖！」楊戩舞動三尖兩刃刀，獰笑著逼向三姐。

三姐毫不畏懼，雙劍在手，飛身迎戰。只見兩道寒光左纏右繞，殺得楊戩眼花撩亂。

這二郎神便來使壞，在心裡暗暗念咒：

「泰山泰山，我是三眼。速速飛來，不要怕遠。」

只聽「呼拉」一聲，三姐剛要躲避，已被泰山壓倒在地。

楊戩點點頭，回家去了。

再說小聖和小能，去向火德星君借收火葫蘆。起初人家不肯，說：「什麼樣的火這兒都有，夠了，不用再收了。」小聖問，「您這兒有冷火嗎？冷得能使人發抖的火。」聽到稀有的奇火，這才打動了這位集火專家。

小聖和小能借到收火葫蘆，急急趕回南山。先試一試，讓楊不敗用火眼噴一點火出來，果然被葫蘆吸個乾淨。接著，滿山大火，全都鑽進這個拳頭大的葫蘆裡。

楊不輸、楊不敗便向小聖、小能、小白龍行禮作別，「山火已滅，我弟兄告辭了。」

楊家兄弟走後，小聖發覺還少一個人，忙問小白龍：「玲瓏三姐哪去啦？」

小白龍說：「她跟楊戩一起走了。」

小聖和小能去送還了收火葫蘆，回轉土地廟，一路上還在猜測著：那三姐究竟又打什麼主意？

剛進廟門，就出了怪事，小聖的塑像竟對著小聖說起話來：「你就是小聖吧？」

小聖一愣，說：「我的塑像想要說話，該學我的聲音才對，怎麼連哼帶喘的，活像個病號？」

他話音剛落，只見那塑像向上抬起，從泥殼裡一下鑽出個矮老頭，「哈，」他舉起一根挺結實的拐棍，「我紅鬍子怪老頭，等你多時啦！」

那拐棍眼看就要落到小聖頭上，小聖手急眼快，忙取他的如意兵器——使一對石筍架住。

小能對老頭擺擺手：「等一下，等一下！」

老頭住了手，但不明白，「為什麼要等一下？」

小能指出：「你自稱『紅鬍子怪老頭』，怎麼長著藍鬍鬚？」

「哦，」怪老頭又舉起拐棍，「咱們邊打邊說吧！」

「好。」小聖同意。

怪老頭便一邊擺個架式，一邊介紹說：「我的鬍子平時是——」說著的同時「嗖」地橫掃一棍，「紅的！」

小聖靈巧地蹦起，閃過棍勢。

「但要是，我的小孫女，在外面遇到危險，」上竄下跳地過了幾招，怪老頭已有點上氣不接下氣，「這鬍子……鬍子就變藍啦……我就趕來——」這時小聖的一雙石筍劈頭打下，怪老頭招架不住，一下跌倒，「就趕來救她啦！」

「別傷我爺爺！」

小聖、小能大吃一驚，尋聲看去，只見神像後閃出一位紅裙少女，伸手扶住怪老頭。

怎麼回事？「三姐？」

那和三姐長得一模一樣的少女板著臉說：「我是琳琅二姐。聽說你們和我妹妹作對，把她弄到哪去啦？」

聽祖孫倆如此說來，小聖知道不妙，他拉一拉小能，「這麼說，三姐真有危險！」

小能說：「準是吃了楊戩的虧了。」

小聖將心比心，覺得怪老頭和二姐

的心裡一定很難受，應該安慰安慰他們，便對怪老頭說：「我們不該跟三姐過不去。您打我幾下吧！」

小能拍拍自己的屁股，「還是打我吧，我的肉厚。」

這下可叫怪老頭為難啦，他問二姐，「孩子，你說該打誰好呢？」

二姐說：「誰也別打啦，找楊戩，救三妹要緊呀！」

五嶽山神搶生意

四個人趕忙商量。

二姐說：「先要打探出三妹在哪裡。」

「楊戩不肯說的。」小聖想出個主意，「待我變化一下……」

小聖便變作三姐模樣，並請怪老頭和二姐提意見。

二姐說：「嘴巴大了一點。」

怪老頭說，「眼睛小了一點。」

小聖照這些意見一一修正，修到毫無破綻，這才出門去找楊戩。

那楊戩正在門前拋肉餵狗。假三姐遠遠地走來，撿個石塊丟過去，石塊出手就變成肉，還沒落地便被哮天犬叼到嘴裡。「嘎巴」一聲，狗牙崩掉幾顆。

楊戩怒吼：「這是誰幹的？」

「不認識我了？」假三姐上前搭話。

「奇怪！」楊戩直發呆，「你是怎麼出來的？」

小聖想套出楊戩的實話，便說：「別問我怎麼出來，想一想，你是怎麼讓我進去的？」

「咦，我當時明明……慢，」楊戩從來不願當傻瓜，「讓我仔細看看，這三姐是真是假。」

他掏出一條手巾，在嘴裡蘸了點唾沫，開始擦他前額正中的那隻「神眼」。

小聖問：「擦它做什麼？」

楊戩說：「要給你做一次『神眼透視』。」

神眼擦得明又亮。

楊戩將神眼對準假三姐，說：「站好，別動，呼吸要均勻……」

突然，神眼中射出一道強光，照得小聖渾身不自在。幸好這光很快就熄掉。

「照好了？」小聖問，「沒照出什麼來吧？」

「照不出還能叫『神眼』？」楊戩立刻說出透視結果，「你是小聖。」

「你能肯定嗎？」

「當然肯定。我應該看到一隻小狐狸，卻看到了一隻小猢猻。」

小聖沒辦法，只好現出本相，「既然被你看破，乾脆實話實說，告訴我，三姐在哪裡？」

楊戩把頭抬得高高，「那小妖狐已被我用大山壓住，你不必多管啦！」說著便轉身進了門。缺了牙的狗跟在主人後面，還扭頭對小聖吠了幾聲。

小聖灰溜溜回到土地廟，把經不起神眼照射的事對大家說了一遍。

小能歎口氣：「這怎麼辦？我要是再變成三姐，肯定也瞞不過那隻神眼。楊戩會說：『我應該看到一隻小狐狸，卻看到了一隻小豬。』」

「對了，」小聖又有了主意，他對琳琅二姐說：「二姐，這次你去當三姐……」

楊戩家的哮天犬又叫了起來。

楊戩出門一看，「唔？又來了？這回大概是小能變的。」

不等搭話，楊戩就將神眼之光「唰」地照射過去——

「咦，倒是個真的！」他以為會看到一隻小豬，沒想到這回確實是小狐狸。

「當然是真的，」二姐撇撇嘴，扭扭腰，「你只壓住了我的替身呀！」

「我不信你有這麼大的本事，」楊戩說，「你陪我去看看。」

二姐一口答應：「好吧，讓你見識見識。」

走在路上，兩人心裡都很得意：

「哈，這回你別想逃掉啦！」

「哼，我要讓你乖乖地把我三妹放出來。」

在他們後面，小聖、小能和怪老頭緊緊跟蹤。

楊戩和二姐來到泰山跟前。

楊戩高喊：「喂，底下還有人嗎？」

只聽山下應道：「楊戩……你這個壞蛋……」

楊戩問二姐：「怎麼你的替身還會罵人？」

二姐心疼地說：「本來應該罵得更厲害的，被你壓得這麼重，已經有氣無力了。」

「那好，」楊戩說：「我把山掀開，讓你們罵個痛快。」

楊戩便念起咒語。那泰山緩緩上升……

二姐忙朝山下看。天哪，三姐躺在那兒，她完全被壓扁了，就像從畫上剪下來的紙人兒。

二姐一把抱住三姐，立刻哭了出來。

三姐微微搖頭，說：「不要眼淚……要氣……快給我吹氣……」

二姐答應一聲，馬上嘴對嘴地給妹妹吹氣。第一口氣送過去，三姐的兩腮鼓起來；吹第二口氣，三姐不再是塌鼻子了……

見此情景，楊戩想：「好得很，趁小妖狐不注意，這回我悄悄地……」

他又暗念咒語，讓在空中升起的泰山再次下降……

＊＊＊＊＊＊＊＊＊＊＊＊＊

再說小聖他們，正匆匆趕路，小能忽然叫起來：「那是什麼？亮閃閃的。」

小聖和怪老頭哪有心思去管別人掉了什麼

東西，只有小能停下腳步，好奇地去撿來看。

「啊，原來是一只哨子！」他立刻為失主可惜起來，「這是誰丟的哨子？」

這時楊戩正暗暗指揮著——眼看泰山就要出其不意地重新落下，「像拍住一對蒼蠅那樣，不管是真身還是替身，全都壓倒你，壓扁你，壓得扁扁的，再也吹不起來！」

在這緊要關頭，小聖和怪老頭趕到了。小聖一把拉開二姐和三姐，使落下的泰山什麼也沒壓住。

「哈哈，沒用，沒用！」小聖嘲笑楊戩。

楊戩不服氣地說：「怎麼沒用呢，我這東嶽泰山可以擋住你們東去的道路，看你們往哪兒走！」怪老頭說：「東邊不通，我們可以向南走。」

向南走，沒想到又被楊戩移來南嶽衡山，迎面堵住。

「趕緊回頭向北吧！」小聖招呼眾人另找出路。

可是楊戩又移來了北嶽恆山，北邊又被攔死。

三姐說：「只剩西邊了。」

他們剛想向西突圍，又一座大山來到，這就是西嶽華山。現在四面都是大山，像一口井，只有頭頂上還露出一塊天空。小聖想建議大家從上面飛出去，這時「井口」出現了楊戩那張討厭的面孔。

「這裡還缺一個蓋子。」楊戩說。

「缺就讓它缺吧，」怪老頭喊道，「留個天窗透透氣也好啊！」

可是楊戩說：「中嶽嵩山還沒派上用場，就用它做個蓋子吧！」

糟了，這可是「上天無路，入地無門」了。

「不過，」楊戩又對小聖說，「我可以開恩放你出來，省得你爸爸找我麻煩。」

誰知小聖毫不領情，「我不要你開恩！我們會有辦法出去的！」

「那好，」楊戩立刻召來嵩山，蓋上了「蓋子」。「哼，看你們怎麼出來！」楊戩十分放心地走開了。「蓋子」一蓋上，裡面可就漆黑一團了。只聽眾人亂叫：

「哎喲，三姐，你把我鼻子撞得好疼！」

「小聖你搞錯了，我是二姐呀。——我說三妹，你的頭髮弄得我脖子癢癢的。」

「傻丫頭，這是爺爺我的鬍子呀！」

正一片混亂，忽然黑暗消失，一個東西亮得刺眼。大家定睛一看，原來是三姐取出了那顆星光夜明珠。這珠子精光四射，照得「井」裡如同白晝。大家立即歡呼起來。

三姐說：「雖然現在不怕黑了，但總得趕快想法子出去。」

「想個什麼法子？」小聖眼珠一轉，「對，可以找山神問問看。」

小聖便高聲呼喚：「五——嶽——山——神——！」

話音剛落，立刻熱鬧了，亂哄哄一片答應聲：「幹嘛啦？」「幹啥來？」「什麼事？」……東邊傳來的是山東口音，西邊說的是陝西方言，還有河南、河北、湖南，南腔北調，全湊到一塊兒了。

聽到山神們答應，小聖、怪老頭、二姐、三姐立即齊聲求援：「幫幫忙，讓——我——們——出——去——！」

南腔北調又亂哄哄響起。說法不同，但都是一個意思——幫不了忙。

「哼，」小聖生氣地說，「都怕楊戩，不肯幫忙。」

「我願意幫忙！」

這聲音來自上面。大家抬頭望，只見一個腦袋從石縫裡伸出。這山神叫道：

「我願意幫忙，但你們要先幫我的忙，請你們把我拔出來。」

「這容易！」小聖拽住頭髮，二姐、三姐拽耳朵，怪老頭當啦啦隊，「嗨喲！

加油！」拔呀拔，終於把那山神拔了出來。

山神坐到地上，揉著拽紅的耳朵，說：「有一個……通到外面的山洞，我可以帶路。」

「謝謝了！」大家十分感激。

「不過，」那山神向三姐伸出手，「得把夜明珠給我。」

三姐還沒來得及答話，只聽一片吵吵嚷嚷，「別給他！」「你會上當的！」一下子又跳出好幾個山神。他們一邊把剛才那個山神擠開，一邊扯

住三姐，都想得到那顆夜明珠。

「姑娘，從我這邊走吧，我的山洞好走些！」

「從我這兒出去更近！」

「我這洞可是『天下第一洞』，你們一邊逃命，一邊觀景，我可以提供免費旅遊！」……

✻ ✻ ✻

再說那小能，他找來找去找不到哨子的主人，找得好心焦。

忽然靈機一動，心想：「我為什麼不吹吹這哨子呢？丟哨子的人說不定就會聽見了。」

於是小能把哨子塞進嘴裡，憋足氣，

「瞿——！瞿瞿——！」

眾山神正圍著三姐搶生意，忽聽外面傳來哨音。那當蓋子的嵩山突然向上飛起，急得中嶽山神連追帶喊，「唉，我的山怎麼跑了？」

「瞿！瞿！瞿！」哨音不停地傳來，吹得泰山朝東，華山向西，衡山投南，恒山歸北，轉眼間，四座大山四散退走，像羊兒炸了群。再看那四位山神，慌慌張張地各奔東西，夜明珠的事不用再爭了。

這時金光一閃，地藏菩薩出現了。他從小能手裡接過哨子，說：「這是我的趕山哨子。謝謝你，好孩子。」

小聖、三姐他們高興地朝小能跑過來。小哥倆緊緊地抱到一起。

「咦，」小能驚奇地指著怪老頭的鬍子，「您的鬍子又變紅了？」

怪老頭笑著解釋說：「它本來是紅的，因為我的小孫女遇到危險，它才變藍警告我。可現在大家已經安然脫險……」

小能說：「等您的鬍子又變藍時，再來找我，我讓它再變紅。」

打壞了火眼

說過小聖、小能和三姐祖孫是怎樣高興的，還要說說二郎神楊戩是怎樣生氣的。

「乒啷！」他先把玉帝賜給他的琉璃盞摔了個粉碎。

可是還是生氣。

「乒啷！」「乒啷！」又摔了珊瑚碗，又摔了琥珀盅。

還想再找別的東西摔摔，這時他的兩個兒子走了進來。一見地上的碎片，楊不輸對楊不敗說：「好好的東西，摔壞了多可惜。爸爸的修補口訣你還記得吧？」

不敗說：「記得，咱們一起念。」

於是弟兄倆齊聲念道：

一二三四五，
金木水火土，
碎了拼起來，
破了補一補。

剛剛念罷，那幾件寶物已經拼攏起來，完好如初。弟兄倆得意地問爸爸：「修得好不好？」

楊戩跟蛤蟆似地鼓肚子瞪著眼說：「誰要你們修？等到情緒好轉的時候，我自己不會修嗎？可是我現在正生氣，生氣就得有生氣的樣子，快替我把這幾件東西重新打碎！」

兒子們還是問他：「爸爸，能使您生這麼大氣的人，一定很有本事的，是吧？」

但楊戩不想談這些，他在兒子面前總要保持「不輸」、「不敗」的形象。兒子害他都不能隨便生氣了，這就值得生氣，但光生氣也沒用，他還得想法子報仇呢！

楊戩便去面見玉帝。

來到玉帝寢宮，被侍臣擋住：「請等一會兒，玉帝正在洗澡。」

楊戩瞪起三隻眼，剛要咕嚕幾句，只聽裡面發話道：「二郎神不是外人，讓他進來吧！」

楊戩還沒見過玉帝洗澡，今日見了，果然闊氣。不說那蓮花浴盆、鮫綃浴巾多麼華貴，往上看，宮殿裡居然還有一條小巧的金龍在玉帝頭上行雲作雨，供他淋浴，這就不是人間帝王所能比及的啦！

楊戩對浴盆中奏道：「舅舅，有幾隻臭狐狸在跟我作對……」

玉帝知道怎樣當舅舅，便對外甥說：「桌上有空白聖旨，你自己看著辦吧。」

楊戩好高興，抓過筆來，唰唰唰寫下一道聖旨。

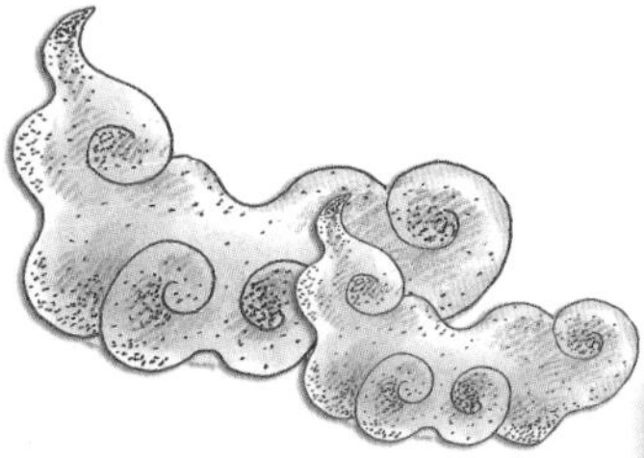

楊戩立即找到雷神，宣讀聖旨：

命你雷擊玲瓏祠，
收拾幾隻臭狐狸。
休遲延，莫懷疑，
這跟二郎沒關係。
欽此

雷神一邊領旨，一邊暗想：「玲瓏祠緊靠土地廟，我要提醒小聖、小能當心，他們幫我找過雷車輪子，我可不能不夠朋友。」

等楊戩走後，雷神趕緊寫信給小聖。

天郵使飛毛腿又趕緊去送信。

飛毛腿跑得比發電報還快，轉眼就來到土地廟。小聖和小能看了信，覺得事情很嚴重。

小能說：「三姐和咱們是朋友了，咱們不能看著她遭難不管哪！」

小聖說：「那當然。你有什麼主意？」

小能說：「我想，要是玲瓏祠被雷打壞了，就讓三姐住到我們這兒來。」

小聖覺得這還不是最好的辦法。正好三姐來了，聽說此事，她想了想，說，

「解鈴還須繫鈴人，最好的辦法在雷神那兒。」

「對，」小聖立即駕起雲頭，「我找雷神去！」

幸虧動作快，趕到雷神府前，見那雷車剛剛出門。

小聖搶上一步，攔住馬頭：「雷神大叔，玲瓏三姐不是壞人，別用雷打她吧！要打的話，天下壞人多的是，隨便找兩個打打，不費事的。」

雷神聽後很是為難，他說：「問題是不能違抗聖旨……」

「那，打了好人，你的良心不難受嗎？」

「嗯，難受的，有時心裡還會發抖，抽筋。」

「好，」小聖再問雷神，「聖旨重要還是良心重要？」

「這個……」雷神支支吾吾，「應該說，都重要。好吧，總會有個既對得起聖旨又對得起良心的法子，讓我想想看。」

雷神終於想出了辦法。他掏出個小瓶交給小聖：「這樣吧，給你這個聚雷瓶，把它放在玲瓏祠上，打下的雷就會全被收進瓶裡了。」

小聖連聲感謝，急急返回。雷神呢，反倒緊勒馬頭，不讓雷車駛得太快……

＊＊＊

再說楊戩，別提這時心裡多舒坦了。他正靠在椅上哼小曲兒，左腿翹在右腿上一抖一抖。——這

種姿勢就是二郎神楊戩發明的，所以叫「二郎腿」。

沒想到兩個兒子氣衝衝闖進來。

「爸爸，聽說火上澆油是你做的！」

「是你偷了瑤池的油鼎！」

楊戩最不喜歡兒子們跟他這樣說話，但他還得耐心開導：「聽著，我和你們，到底誰是誰的爸爸？」不輸和不敗想了想，齊聲回答：「您是我們的爸爸。」

「好，」楊戩點點頭，「那麼，爸爸做的事，兒子最好不要管，除非等到你們當上了我的爸爸——當然，你們永遠也別想當我的爸爸。」

「不過，」楊不敗說，「使兒子感到自豪的爸爸，越當越有味道。可您呢，越當越使我們替您害臊！」楊戩再也忍耐不住，「啪」的一個巴掌搧過去。

楊不敗倒了下去，一動也不動了。

楊不輸蹲下去，摸摸弟弟的額頭：「哎呀，好燙！」

原來，額頭是楊不敗火眼所在，楊戩那一掌正打在這兒，造成內火亂竄，燒得神志昏迷。

楊不輸拿來濕手巾，用自己的冰眼冰凍一下，敷在弟弟腦門上。可這冰手巾立刻被烤乾，並起火燒了起來。

於是不輸對爸爸說：「弟弟被打傷了，得給他治一治。」

楊戩只好叫不輸背起不敗，自己跟著出門，他東張西望，要找一輛車子送兒子去看病。

只聽「轟隆隆隆」一陣響，正好雷神的雷車從這兒路過。

楊戩立即上前攔住，「停下！我二兒子病了，得先送他去找醫生。」

雷神說：「這行嗎？聖旨可耽誤不得啊！」

「你還當真的……」楊戩咕噥道，「這樣吧，先送我兒子看病要緊，聖旨嘛，明天我再給你補一份。」

「行，」雷神點點頭，「這才符合手續。」

於是不輸把不敗抱上雷車，楊戩囑咐兩句便回家去了。

雷神向不輸建議：「老君那兒藥多，先去找他吧！」

「好，就依您的。快一點吧！」

雷神揚鞭趕車，很快來到老君居住的兜率宮前。

只見大門緊閉。楊不輸下車敲門，敲了好一會兒，毫無動靜。

雷神笑道：「老君耳聾，只有打雷才聽得見，——小四眼兒，你閃開些。」

雷神拿出看家本事，剛轟了幾下，只見老君匆匆開門出迎：「我說怎麼晴天響雷，原來是雷神爺到了。」

老君將雷神和背著弟弟的楊不輸帶到裡面，問清他們的來意，答應盡力幫忙。

「瞧，」來到後園，老君指著一個托盤銅人，「這銅人盤中仙露，凝入日精月華，喝了能治百病。」

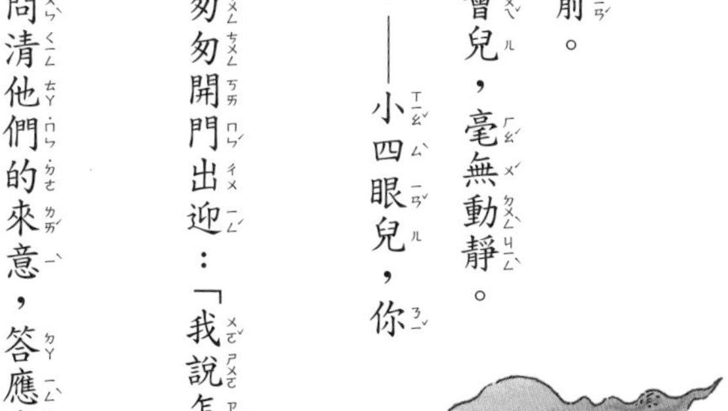

雷擊玲瓏祠

老君便將仙露倒進杯中，遞給楊不輸。

不輸一手扶起不敗，一手便灌藥下去，可是不敗緊咬牙關，根本灌不進去。

老君說：「人有七竅，竅竅相通。可以另找個洞眼灌進去。」

不輸問：「從耳朵裡灌，行不行？」

「試試看吧。」

可還是不成功。耳朵裡灌進去，又從鼻孔裡流出來了。

老君沒轍了，只好建議不輸另請高明：「終南山有個神針道人，你們找他看看。」

不輸和雷神帶著病人離開兜率宮，那雷車轟隆隆隆又向終南山而去。

神針道人的道觀門前，掛著一副木刻對聯：

任你百病再險踏進山門就有命
如我一針不靈砸掉招牌也無妨

讀了對聯，雷神說：「口氣倒不小。」

楊不輸說：「只要本事大。」

他們把楊不敗抬到神針道人面前。

道人吩咐：「把他架起來。」

不輸和雷神便一左一右地攙住不敗，使他站直。

道人將不敗的衣服解開，露出胸膛和肚皮，然後轉過身，跨出四十九步，叫一聲：「神針伺候！」一個道童走過來，手捧一個竹筒。

道人從竹筒裡取出一枚金針，遠遠地對著楊不敗瞄了瞄，口中道：「我這第一針，要使他自己站住。」

「嗖——！」金針飛出，準準地扎在楊不敗脖子下面的「穩立穴」上。

道人示意不用攙扶。楊不輸和雷神將手鬆開，咦，楊不敗果然穩穩地站住了。

「真是神針！」

「我這第二針，」道人說，「要使他眼睛睜開！不過，」他還要賣弄一下，「我倒可以閉起眼睛。」

道人請楊不輸用手巾把他的眼睛蒙起，接著，「嗖——！」擲出第二針。這一針正扎在楊不敗的鼻梁上。只見不敗的四隻眼睛「唰！」地一齊睜開。

道人只覺得身上熱起來，扯下蒙眼手巾一看，原來楊不敗的一對火眼中噴出火焰，已把他的道袍燒著了。

道童端來一盆水，替道人滅火。道人慌忙再取一針在手，「這第三針，讓他像原來那樣吧！」

「嗖——！」金針扎進楊不敗肚子上的「復元穴」，他立刻閉上火眼，「咚」地倒下。

楊不輸洩氣地問道人：「你不是『神針』嗎？」

道人說：「神針也不靈了。」

「那，」不輸想起門口那對聯，「不靈的話，你的招牌就保不住啦。」

道人哈哈一笑，請不輸往屋角看，那兒堆著好幾十副木刻對聯。

道人對不輸說：「那就麻煩你去把門口的舊招牌砸掉，我好換新的。就跟換衣服一樣，舊的不去，新的不來。」

不輸問：「這些對聯都一樣？都是『如我一針不靈……』？」

「當然一樣，省得重新動腦筋啦！」

不輸歎口氣說：「算了，砸招牌的活兒你自己做吧，我還急著要為弟弟找醫生呢！」

不說楊不輸和雷神再次失望，卻道小聖、小能和三姐，他們已在玲瓏祠上

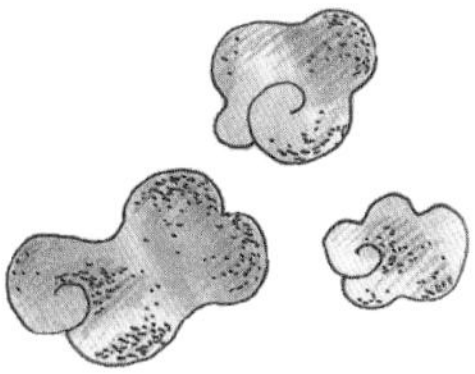

安放好雷瓶，只等雷神到來，轟隆轟隆鬧上一陣，算是了了一樁心事。可等了好久還沒聽見雷車的聲音。

小能發牢騷說：「雷神大叔向來是急性子，怎麼今天成了個慢郎中！」

小聖猜想：「會不會半路上出什麼事了？」

三姐紅裙翩翩，已經離地而起，「咱們看看去！」

* * *

這時雷神他們只能在迢迢雲路上晃蕩著，正不知該上哪兒，忽然拉車的幾匹馬兒嗅了嗅鼻子，像是有了主意，牠們自取方向往前跑，毫不理會雷神的駕馭。

雷神驚訝道：「怪，馬怎麼不聽話？」

楊不輸說：「我好像聞到一股香味。」

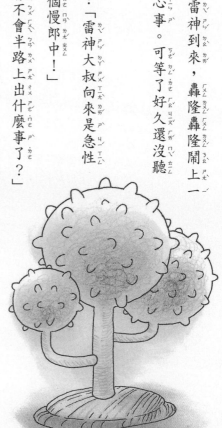

是的，越往前走，香味越來越濃了。

雷神瞭望一下，「前面像是一家客棧。」

馬兒拉著雷車在客店門前停下。只見布幌子寫著「長牙客棧」。

聽到動靜，店裡走出一位插花抹粉的婦人，招呼道，「客官們請進店歇息。」

雷神忍不住，問她：「這是什麼香？」

婦人笑答：「這叫『招客香』，不管是人是馬，一聞就來。」

楊不輸說：「我們急著求醫，不想住店。」

可那婦人的服務態度要多好有多好，她介紹說：「本店還有『還魂香』，能救醒這位昏迷的客官。」這可沒話說了。於是，兩個豎著的抬起一個橫著的，高高興興進了店。

剛坐下，聽得一聲喊，「還魂香來啦！」從後面走出一條大漢，這人是：

硬毛遍體黑，尖齒出唇黃。
小眼兇光露，肥腸禍水藏。
迎賓明老闆，劫貨暗大王。
算計八方客，只憑一炷香。

楊不輸見了這老闆的相貌，笑道：「怪不得這兒叫『長牙客棧』。」

老闆娘忙說：「你們別瞧他長得不中看，卻很會辦事。不管來多少客人，憑他那利索勁兒，全都一下子擺平，沒話可說。」

正聊著，雷神打起呵欠來，「怎麼搞的，想睡覺。」不管髒不髒，他就往地上躺。

楊不輸也覺睏倦，但他希望自己的四隻眼睛能夠輪輪班，不要全閉上。可是很難做到……

現在豎著的全都成了橫著的，果然「一下子擺平，沒話可說」了。一對醜男刁女哈哈大笑。原來，他們一個是野豬精，一個是野狐精，在這兒合夥開黑店。他們用迷魂香使客人昏睡過去，使客人再也不需要使用錢財，他們就成了這些錢財的新主人。

這時野豬精已經抓起了刀子，他實在很喜歡門前這套車馬，所

以想快一點把活兒幹完。正要下手，忽然聽到野狐精在外面喊：「又來了三位！」

來的不是別人，正是小聖、小能和玲瓏三姐。

小聖說：「雷車在門前，雷神一定在裡面。」

三人走進店裡，只見楊不敗仰著，楊不輸趴著，雷神弓著身子像隻蝦。

他們覺得奇怪：「怎麼都睡著了？」

輕煙裊裊，那迷魂香仍然點著……

小能先熬不住。小聖用手扒開自己的眼皮，要和三姐比本事。比下來，兩人本事一樣大——他倆同時倒下去，也睡著了。

「今天真是好運氣，」野豬精對野狐精說，「不過，這麼多買賣，夠我忙一陣了。」

「先等一下，」野狐精有她自己的打算，「我看這小妞兒俊俏伶俐，留下她，給我做個小丫頭吧！」

「那，」野豬精叫道，「我也該有個小夥計！」他挑選了一陣，看中了小能，「喂，這小子壯實，有勁兒，我就要他啦！」

野狐精便取出兩顆清醒丸，塞進小能和三姐的鼻孔。兩個妖精自己不怕迷魂香，也是因為鼻孔裡塞了清醒丸。

小能和三姐打著呵欠醒來了。

野豬精訓話：「看在親戚面上，饒你們的命。快去——」

小能舉手提問：「什麼親戚？」

「論起輩份來，也許我是你二叔呢！」

「那，不會只有一個『也許』吧？也許我是你大爺，也許是舅公什麼的。」

「嗯？」野豬精抓抓腦殼。手邊沒有家譜，也說不清究竟誰的輩份大。「反正，反正咱們是親戚，好說話。給你一根繩子，去把他們幾個捆起來，快！」

小能搖搖頭，說：「不行，他們幾個是我的朋友，有時候朋友比親戚更要緊呢！」

野豬精很不高興，便用這根繩子先把小能捆了起來。要不是小能被迷魂香弄得懶洋洋的，氣力還沒恢復，本來他是可以用繩子把野豬精和野狐精捆起來的。

野豬精對小能說：「我去燒一鍋開水，把你們全煮了。——本來這鍋水該讓你去燒，可你太懶了，唉，樣樣都得自己來！」

但玲瓏三姐卻和野狐精混得挺親熱。

野狐精說：「只要你肯聽話，我會像打扮女兒一樣打扮你的。」

「可是，」三姐撒嬌說：「鼻子裡整天塞著清醒丸，太難受啦！」

野狐精便指點道：「好孩子，不點迷魂香的時候，自然用不著清醒丸。只要一拍後腦勺，藥丸就掉出來啦。」

三姐說：「好吧，我試試。」邊說邊突然伸手，在野狐精腦後拍了一下。

「噗！」清醒丸掉了出來。迷魂香立刻薰得野狐精迷迷糊糊。野狐精笑道：

「我……沒說錯吧？現在，再替我把藥丸……塞回去，要不然……要不然……」

要不然就睡著了。睡著就睡著吧！

三姐連忙為小能解開繩子，並叫他躲在門後。

三姐大聲喊：「野豬大哥，快拿清醒丸來，大嫂睡著啦！」

「咳，現在可不是睡覺的時候呀，我正忙不過來呢。」野豬精嘟嘟囔囔地拿著藥瓶闖進門來，沒提防腦後「啪」的挨了小能一巴掌……

小能和三姐便把智取來的清醒丸給朋友們用上。

小聖、楊不輸和雷神醒來了。見野豬精和野狐精躺在地上，雷神問：「他們怎麼了？」

楊不輸連忙阻止：「你這大嗓門，別把兩個害人精吵醒了。」

三姐說：「沒有清醒丸，他們永遠不會醒來了。要是做壞事的人都像他們這樣該多好，沒完沒了地睡下

去，省得做壞事啦！」

大家走出「長牙客棧」。楊不輸背著楊不敗對朋友們說：「我要陪弟弟求醫看病，就此告辭，後會有期。」

玲瓏三姐早有打算，便挽留道：「先看雷擊玲瓏祠，再走也不遲。」

大家一起來到玲瓏祠上空。雷神取出雷錘和雷鑿，大叫：「快躲開，我要打雷啦！」

大家避到一塊厚一點的雲彩

後面。

「轟隆！轟隆！」雷聲響起來了。

二郎神楊戩跑來看熱鬧，一邊看，一邊喝采：「好，打得好！再多來幾下！」

驚雷滾滾，滾滾驚雷；一雷比一雷響，一雷比一雷猛。而且雷神的轟炸技術很神準，每個雷都不偏不倚地命中目標。

但使楊戩奇怪的是：這樣毀滅性的打擊下，玲瓏祠卻秋毫無損！

等雷聲停止，三姐把大家帶到玲瓏祠前，她從屋頂取下聚雷瓶，問小能：「剛才我叫你數數，一共打了多少個雷？」

小能答道：「九九八十一個。」

三姐又對楊不輸說：「你弟弟被打傷火眼，毒火攻心。現在應該五雷轟頂，劈開天靈蓋，讓毒火衝出，就沒事了。」

楊不輸還沒來得及答應，只見楊戩氣急敗壞朝三姐撲

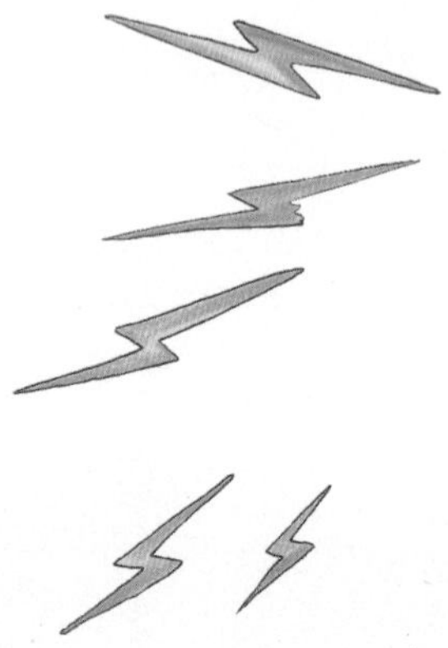

來：「小妖狐，你想害我兒子！」

三姐立刻舉起聚雷瓶，將瓶口對準楊戩，「是你害了兒子！你敢靠近，我用雷劈你！」

楊戩怕被雷劈，這才不敢亂動。

三姐安慰楊不輸：「我不會害你弟弟的。」

楊不輸點點頭說：「我相信你！」

於是三姐讓楊不敗仰面朝天，使手中聚雷瓶對準楊不敗的額頭。

見這情景，大家都有些發抖。

猛然間，聚雷瓶中射出電光，響聲震耳。再看楊不敗，一團團烈焰從額頭衝起，烤人的炎熱逼得大家遠遠散開；過了一會兒，火盡熱消，大家又聚攏過來。

只見楊不敗的臉色由白轉紅，最後，「啪嗒」，睜開了眼睛。

「你沒事了。」三姐對他說。

「謝謝三姐！」

楊家父子坐上雷車離開玲瓏祠。小聖和小能跟在車後大聲喊：「楊戩，你也應該謝謝三姐才對！」

走馬燈成了走貓燈

一天，小聖和小能正閒得沒事，想在神像殼子裡打個盹兒，忽然聽到有人急匆匆跑進土地廟。

是一高一矮兩個漢子，兩人搶著禱告。

高漢子說：「我好不容易從三十里外的劉莊趕來，該讓我先說！」

矮漢子說：「咱李莊離這兒八十里，要不是聽說這兒的土地爺靈驗，我還不來呢。」

吵得土地爺腦袋疼，小能便說：「別爭了，你們一人說一句吧！」

劉莊的便先說：

劉莊的老鼠太厲害，
上桌上梁上鍋臺。

李莊的接著說：

李莊的老鼠真少有，
搶米搶油搶老酒。

劉莊的漢子不願意劉莊的老鼠被比下去，又道：

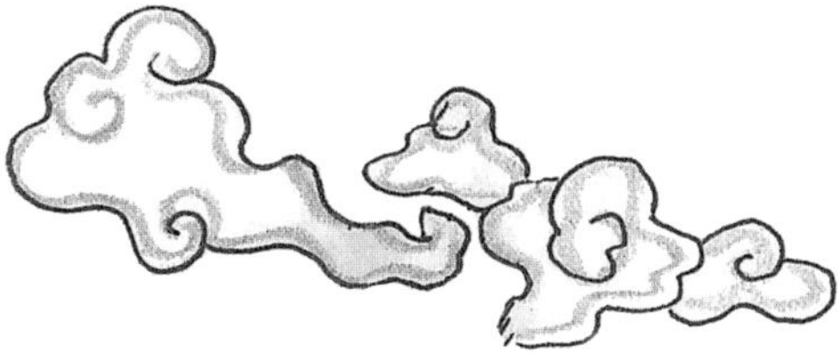

劉莊的老鼠腸胃好，
連飯帶碗全包銷。

李莊的漢子不甘示弱：

李莊的老鼠膽氣壯，
和人同睡一張床！

小聖聽得不耐煩了，大聲打斷他們：

不要吵，不要鬧，
一人給你一隻貓。

「唰！」「唰！」說時遲那時快，劉莊漢子和李莊漢子的懷裡同時多了一樣東西：有頭有尾四隻腳，喵嗚喵嗚叫。

不料二人把貓一扔，連連磕頭：

「土地爺，貓沒有用！」

「咱那兒的貓都被老鼠吃光啦！」

小聖和小能都覺得驚奇，從沒聽說過這種事！

劉莊漢子和李莊漢子又搶著述說。原來，最近出了一對鼠精兄妹，哥哥自稱「魔王阿吱」，妹妹就叫「魔女阿喳」。他們為非作歹，手段毒辣，揚言要殺盡天下

的貓——但還要留下四隻貓替他們拉車。他們走到哪裡，哪裡的老鼠就特別猖狂。

正說著，遠空傳來陣陣鈴聲：「鈴鈴鈴鈴！」

兩個漢子吃一驚，說：「這正是鼠精兄妹的『飛天寶車』！」

小聖暗想：「老鼠成精，竟如此囂張。」

便叫兩個漢子放心回去。晚上，小聖和小能來到隔壁玲瓏祠，和三姐商量，怎樣懲治鼠精。

三姐說：「要探明他們的蹤跡，才好下手。」

* * *

當天夜裡，村鎮上靜悄悄。遠遠地傳來幾聲貓叫。

街旁屋上，三姐朝著貓叫的方向仔細聞了聞，然後對小聖、小能說：「我聞出這貓味不正，別輕易放過。」

不一會兒，只見走來四隻貓，他們扯著一條舊被單，被單上寫著「貓鼠同樂」

四個大字。四隻貓大喊大叫：

「兄弟們呀，跟著走哇！」

「開開眼界，見見世面。」

「自古少有，貓鼠聯歡。」

「沒有陰謀，保證安全！」

這麼一路吆喝著，各家各戶的貓們被驚動了，一個個溜出房門，好奇地跟在被單後面。

這支貓的隊伍越來越長。

小聖便對小能說：「我們兩個也跟去看看。」

小能一想，「這麼說我們也要變成貓了？」

「你會變吧？」

「當然會！」小能念起變貓的咒語。但這咒語他只記得一半，所以上半身變

成貓頭貓爪子，下半身還是豬蹄豬尾巴。

小聖笑道：「算了，別逞能了，還是讓我幫你吧！」

小能卻是個強脾氣，「不要，不要，我自己會想起來的。」

小能想啊想，好不容易想到了，真高興。念出後半截咒語，卻發覺不對——這是變狗的咒語，只是把豬尾巴換成了狗尾巴。

小聖笑得更厲害了。

小能說：「笑什麼，我再試幾回，總會成功的。」

三姐叫小聖不要笑，「小能挺有志氣的嘛！」

得到三姐的鼓勵，小能更起勁地回憶咒語。於是，狗尾巴又變成羊尾巴，驢尾巴，兔子尾巴……

直到覺得自己實在無能為力了，小能才對小聖說：「你來提醒我吧！」

於是小聖幫著小能，兩人從頭到尾都成了貓形。

三姐囑咐一聲：「多加小心。」

小聖和小能點一點貓頭，便趕忙追趕貓隊伍去了。

四隻貓邊走邊吆喝，走不快，不一會兒便被小聖、小能趕上。左轉，右拐，七彎，八繞，貓隊伍來到一棵大樹下。這是一棵枯樹，樹幹上有個大洞。

領頭的四隻貓在樹洞前站成一排，齊聲嚷道：

要知奇妙，
快往裡跳。
不收門票，
不跳白不跳！

其他的貓對著那個黑森森的洞口，你看我，我看你，都在等一個帶頭的，好跟著往裡跳。

小聖碰一碰小能，眨眨貓眼睛，「好吧，咱們先跳。」

「嗖！」「嗖！」小聖和小能從那黑洞口跳了進去。進洞口，便發覺這是個螺旋滑梯。小聖和小能順著這滑梯滑呀滑，轉呀轉，好大一會兒才滑到底——小能還嫌沒滑夠呢！

眼前是一個明亮的大廳，之所以明亮，是因為廳上掛著許多彩燈。中間豎著個牌子，上寫：

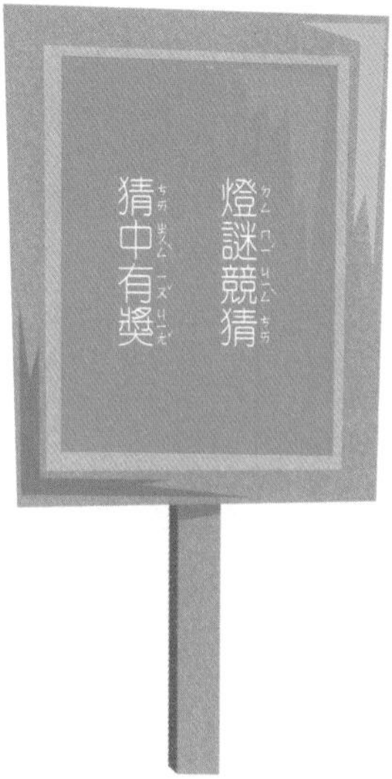

小聖便說：「好，咱們來找兩條容易猜的燈謎，猜中了，看他有什麼獎。」

小能卻說：「猜謎要找難猜的，才算大本事！」

但找來找去，沒找到特別難猜的燈謎。瞧這盞走馬燈，燈雖漂亮，謎卻不難：

上邊毛，下邊毛，
中間一顆黑葡萄。
——打一人體器官

小聖立刻叫道：「我猜出來了，我猜出來了！」

小能說：「我也猜出來了，讓我先說吧！」

「不，我先說！」

「那就一齊說，好不好？」

於是兩人一齊說出謎底：「這是——眼睛！」

謎底剛剛出口，只聽「嗖」的一聲，小聖和小能身不由己地從那燈籠底部被吸了進去！

進去容易出來難。

小聖和小能在燈籠裡轉來轉去，竟再也找不到脫身的出口。氣得小能罵罵咧咧：「猜中了有獎，就是這樣獎法的麼？」

燈籠裡面急得直跳，燈籠外面樂得直笑。

看兩條貓影在燈籠裡亂撞亂轉，魔女阿喳對魔王阿吱說：「哥哥你瞧，走馬燈都成了『走貓燈』了，嘻！」

「那麼，」魔王阿吱道，「送兩盞走貓燈給乾爸爸玩玩吧！」

燈籠裡，小能對小聖說：「要把咱們送出去了。」

小聖說：「好不容易混進來的，怎麼能這麼快出去！」

小能誤食「稀裡糊」

小聖和小能在燈籠裡商議好了，一齊哇哇叫：「別把我們送走！」

魔王阿吱在外面喊：「傻貓，這是你們的運氣。」

魔女阿喳說：「不願走，就把你們交給廚師啦！」

沒想到「傻貓」不怕嚇唬，小聖答道：「我們很想認識認識這個廚師呢！」

阿喳一聽這口氣，便悄悄提醒阿吱說：「哥哥，這兩個傢伙只怕有些來歷，咱們要提防一點。」

阿吱哼一聲：「倒要看看他們有多大本事。」

阿喳一指那燈籠，口中念念有辭，「開！」燈籠應聲裂作兩半，小聖和小能掉了出來。他們看到，除了「吱吱」、「喳喳」悄悄商量的「魔王」和「魔女」，還有個大塊頭老鼠站在一旁，他手握明晃晃的尖刀，腰繫油光光的圍裙，想必就是那個廚師了。

小能湊近小聖耳邊，悄聲說：「咱們動手吧？」

小聖說：「急什麼，反正他們跑不了，先同他們玩玩。」

這時，那個老鼠廚師大模大樣地開口了：「你們是想紅燒，還是清蒸？油炸也可以，就是比較費油……」小聖便說：「我太瘦了，還是油炸好吃。」

魔王阿吱大聲下令：「那就快快準備，我好久沒吃油炸貓啦！」

小老鼠們立刻架起油鼎，生起火。

廚師對小聖說：「得先剝掉你的毛皮。」

小聖問：「非剝不可嗎？」

「那當然，這是慣例，我可不能讓人笑話我這當廚師的不懂規矩。」

廚師便用尖刀指著小聖的腦袋：「從上往下剝。剛開始會有點疼，但一會兒就不覺得了。」

小聖擺擺手說：「不用剝，我自己脫。」

一邊說著，小聖用手指在自己腰間前後畫了一圈，身上的毛皮頓時分成兩截。他先將上半截毛皮像脫衣裳一樣向上脫掉，接著再脫下半截，像脫褲子。

廚師趕緊撿起小聖脫下的這堆毛皮，高興地說：「可以給我老婆做件皮裘大衣，多下來的，可以給小姨子做件皮背心。」

廚師剛想把脫了皮的小聖放進已經沸滾起來的油鼎裡，只見小聖光溜溜的身上又開始長出毛來。

「咦，」廚師很奇怪，「我從來沒見過一隻貓有兩張皮。」

小聖說：「可以再給你的小舅子做一件皮夾克。」

「不過，」廚師打量著小聖，「剛才你是一身黃毛，現在怎麼全變黑啦？」

小聖說：「這不稀奇，我裡面還有紅毛、藍毛，不信脫給你看。」

於是小聖又開始脫皮，脫了一層還有一層，脫了一層還有一層。

魔王阿吱不耐煩了：「還有完沒完？要等到什麼時候才能吃上油炸貓？乾脆不要再脫皮了，連毛帶肉一塊兒炸吧！」

「行！」小聖一邊答應著，縱身就往油鼎裡跳。「砰通」一聲，油花四濺，把阿吱、阿喳的鼠臉燙出好幾個大泡。

阿吱、阿喳一邊罵罵咧咧，一邊再朝油鼎裡看。只見這隻挺有本事的貓仰躺在滾油之上，呼嚕呼嚕睡起覺來。「怪了！他怎麼不怕燙？」

小能在一旁暗暗笑道：「他們不知道咱們曾在老君的爐裡煉過呀！」

阿吱氣哼哼找來一根棍子，說：「我來把他搗下去！」

棍子戳在小聖肚皮上，用力一按，小聖全身浸進滾油裡。

那廚師對阿吱說：「您要按緊了，別鬆手，一邊數數兒。據我的經驗，數到九九八十一，這貓已被炸得又酥又脆……」

阿吱便開始數數兒，「一二三四五六七八九十……」可數著數著，發現鼎裡的油漸漸少了下去，像退潮一樣。最後，貓的全身露了出來，這貓竟然還在呼呼大睡。

「嘿，」阿吱懊喪極了，「沒吃到油炸貓，油反被貓喝光了！」

小能見小聖得了便宜，便也要求說：「把我做成蜜餞吧！」

阿吱一聽，又來了勁頭：「蜜餞挺好吃的！」

小能說：「只要我肚子裡裝進許多糖，我就會變得很甜很甜。」

阿吱馬上吩咐廚師：「快去拿糖！」

阿喳說：「我去拿吧！」

不一會兒，阿喳把糖罐端到小能面前，說：「吃吧！」

小能一邊暗暗嘲笑笨老鼠，一邊毫不客氣地吃起糖來。

才吃了幾口，覺得不對勁，身子搖晃起來。

小聖問：「小能，你怎麼了？」

小能說：「腦袋裡……好像有兩個東西在打架，弄得我昏頭昏腦，眼睛都快看不見了。」

話剛說完，小能「咚」的一聲栽下去，在地上滾了幾滾，忽然現出了原形。

小聖大吃一驚，不知是怎麼回事，只見小能「嗖」地跳起來，朝著小聖當胸一拳！

小聖被打得後退幾步，「小能，你瘋啦！」

「哈哈！」魔王阿吱叫道，「果然是混進來的奸細！」

魔女阿喳得意地告訴哥哥：「那糖裡摻進了我的妙藥『稀裡糊』。」

「快快拿下奸細！」

阿吱一聲令下，眾鼠精各持兵器，一擁而上。阿吱揮動鐵鏈，阿喳舞起雙鉤，吱吱喳喳地撲向小聖。小聖趕緊從耳朵裡取出那對石筍，迎戰眾鼠精。

「嘡啷！」阿喳的雙鉤被小聖的石筍震飛。

阿吱繞到小聖背後，「唰」的一下，鐵鏈子將小聖當腰纏住，「哈哈，這叫『玉帶圍腰』！」

小聖一扭腰，緊抓住鐵鏈的阿吱被甩得騰空飛起，然後重重地摔了個嘴啃泥。

「什麼『圍腰』，我給你來個『圍脖』吧。」小聖解開腰間的鐵鏈，一圈又一圈地纏到阿吱的脖子上，勒得阿吱叫救命。

忽然，小聖被人從背後猛推一把，推得他朝前一衝，差點跌跤。

推他的竟是小能！

小能也從耳朵裡掏出他的如意石杵，護在阿吱前面，向小聖大叫：「不許你碰他們！」小聖呆了：「這可怎麼下手？」

眾鼠精在小能保護下，重新向小聖圍攻。小聖不願傷著小能，心想：「罷了，去找三姐商量一下再說。」便且戰且走，不一會兒殺出了鼠洞。

來到玲瓏祠，把剛才的蹊蹺對三姐說，「一定是魔女阿喳給小能吃了什麼魔藥。」

三姐想了想：「聽說有種『糊裡稀』……」

小聖想起阿喳說的，「是『稀裡糊』吧？」

「對，是叫『稀裡糊』，吃了它就會神志顛倒，認敵為友，認友為敵。」

小聖急道：「那，有什麼解藥能治小能？」

三姐便去找出一個紙卷，打開來，原來是一份圖表，標名《奇毒百家圖》。三姐在這圖上查尋一番，對小聖說：「咱們該去找蜈蚣婆，向她要解藥。」

小聖弄不懂，便說：「蜈蚣婆那裡都是些毒藥呀。」

三姐說：「就是要以毒攻毒嘛！」

事不宜遲，三姐和小聖便按照《奇毒百家圖》上標明的地址，朝百腳山蜈蚣洞駕雲而去。

蜈蚣淚

三姐和小聖雲程疾速，不一會兒到了百腳山。

只見山中一座洞府，洞門緊閉。

「奇怪，」小聖說，「滿山草木鬱鬱蔥蔥，怎麼一到了這洞前，百步之內寸草不長，樹都枯了？」三姐說：「都是被洞裡的毒氣薰的。」

小聖一伸舌頭，「好厲害！」接著便走近門前，朝裡高喊，「蜈蚣婆，快開門！」

蜈蚣洞裡，侍女向蜈蚣婆稟告：「有人叫門呢！」

蜈蚣婆一臉陰沉，擺著手說：「別管，讓他叫，讓他敲。」

小聖叫得不耐煩了，便用拳頭使勁捶起門來。

「咚咚咚！咚咚咚！你聾了嗎，蜈蚣婆？」

蜈蚣婆在裡面冷冷答道：「我的耳朵沒聾，只怕你的拳頭要腫。」

小聖看看自己那隻敲過門的手，果然比另一隻大多了。

「哼，我要用這大拳頭砸破你的門！」一邊說著，小聖便要揮拳砸門。

門裡又傳出蜈蚣婆的嘲弄：「試試吧，不但要腫，而且要痛。」

真的，小聖那隻拳頭還沒碰到門板，就刀割一樣地疼起來了。

「哎喲！毒婆子，門上也塗了毒，害人！」

見此情景，三姐也生氣了，「這婆子好無禮！」她便掏出那個聚雷瓶。

「轟隆！轟隆！」

蜈蚣婆吃驚了：「什麼聲音？」

三姐說：「我想試試，我的聚雷瓶能不能打穿你的門。」

「別試，別試！」蜈蚣婆忙叫侍女把門打開，但這老太婆很不情願的樣子，「我不明白，你們為什麼要來打擾我。」

三姐頂了一句：「我不明白，你為什麼對誰都這樣狠毒。」

蜈蚣婆咬牙切齒地說：「我兒子被抓走了，我見誰都恨！」

「這是怎麼回事？」小聖和三姐很關心地傾聽蜈蚣婆訴說。

原來，十里外有個成精的花蜘蛛，開了家害人的黑店，成了當地一霸。三天前，花蜘蛛帶來手下綁走了蜈蚣婆的獨生娃兒。臨走，花蜘蛛還吐出一根絲，將蜈蚣婆緊緊捆住，倒吊在梁上。

花蜘蛛說：「這根絲可以吊你三天。不服的話，再來找我！」

等這夥壞蛋走後，蜈蚣婆的女僕想要救下主人。可這根蜘蛛絲不但剪不斷、解不開，差點把女僕也黏上去了。可憐的蜈蚣婆就這樣倒吊著，直到吊足三天，才「咚」的一聲掉到地上。竟有這種氣人的事！

小聖說：「去找一根三年都不會斷的繩子，把花蜘蛛也倒吊起來！」

蜈蚣婆一聽這話，擦擦眼淚，問小聖：「你能對付花蜘蛛麼？」

三姐說：「他能對付花蜘蛛，可惜手腫了。」

蜈蚣婆不好意思地「嘿嘿」笑著，「哪裡是腫，不過是胖了一點。要是不喜歡胖，也好辦。」邊說邊拉起小聖那隻大手，用舌頭舔了幾下。

小聖只覺得手上涼颼颼，頓時止了疼，再一看，兩隻手已經一樣大小了。

「好，」小聖便向蜈蚣婆提出，「我去救你兒子，你可得答應救我兄弟。」

蜈蚣婆連連保證：「一定！一定！」

說走就走，由蜈蚣婆帶路，他們出發了。

走了十多里，果然遠遠望見一家掛出酒旗的小店。蜈蚣婆指著說：「這就是花蜘蛛的醉仙酒店。」

這時，正有個過路的矮胖漢子光顧醉仙酒店。

「拿好酒來！」胖漢子進門就喊。

酒保連忙請客人坐下，「就來，就來！」走到裡面，酒保報一聲：「大爺，有買賣啦！」

花蜘蛛沒事兒正做白日夢。但他的睡法和別人不同，他習慣躺在天花板上，肚皮朝地背朝天。酒保一喊，把他驚醒了。

「怎麼搞的？」花蜘蛛挺不高興的，「被你這麼一嚇，我差點兒掉下去。你不能小聲點嗎？」

酒保說：「小聲點您聽不見。」

「可是我掉下去好幾回啦，摔傷了怎麼辦？」

酒保想了想，「這樣吧，您不是會織網嗎？吐出絲來，織一張大網，就拉在天花板下面。下回再嚇得掉下來時，正好掉到網裡，就不用怕摔傷啦。」

花蜘蛛沒難倒酒保，更不高興了。只是當他從天花板上下來以後，聽說有個胖客人進了門，這才面露喜色，「好，三天只來了這一個客人，豈能白白放過！」

為了對付客人，他們一起走進地窖。地窖裡關著三天前被抓來的蜈蚣娃。

「小子，今天用著你了！」花蜘蛛對蜈蚣娃說，「聽說蜈蚣淚能使人昏睡不醒，你快給我哭！」

酒保手捧一把酒壺，湊到蜈蚣娃的眼睛下面，等著他哭。

可是蜈蚣娃說：「我不會哭，從來沒學過。」

花蜘蛛說：「不用學的，很容易。要不，我來幫你一下。」

花蜘蛛說著便揮一拳，朝蜈蚣娃臉上打去。

蜈蚣娃挨了這一拳，只哼了哼，沒哭。

大概打輕了。花蜘蛛又憋足力氣，狠狠地再來第二下——

「哎喲！」大叫起來的是花蜘蛛自己，「這小子骨頭真硬，我的拳頭……哎喲，打得真疼。這小子還不哭，我倒要哭了。」

「可是您哭了沒用呀。」酒保提醒花蜘蛛。

花蜘蛛為難了，問：「那怎麼辦？」

這狡猾的酒保想了想說：「讓我試試看。」

酒保便假惺惺地問蜈蚣娃：「你想你的外婆嗎？」

蜈蚣娃說：「不想。」

「你想你的舅舅嗎？」

「不想。」

「你想你的媽媽嗎？」

「我……」一提到媽媽，蜈蚣娃心裡難受起來：媽媽是不是還被那根蜘蛛絲倒吊著？

什麼時候才能回家去，聞到媽媽身上的青草味？……他終於忍不住，「哇」的哭出聲來，「我想媽媽——！」

蜈蚣娃的眼淚一顆顆朝下滾，酒保趕緊把酒壺湊上去，「叮鈴咚嚨」，全接在壺裡了。那有毒的蜈蚣淚，和壺中酒摻到一起時，竟發出「嗤嗤」的聲音，就像燒紅的鐵放到冷水裡那樣。

花蜘蛛哈哈大笑，對酒保說：「真有你的！快去招待客人吧！」

這時客人已經在拍桌子了。

酒保一邊應著，一邊趕忙端出幾樣菜和一壺酒。

客人皺著眉問：「怎麼這麼慢，難道你這酒是現釀的？」

「嗯，可以這麼說吧。」酒保提起酒壺，給客人斟滿一杯，「別看這酒來得慢，卻醉得快。這酒喚作『醉仙酒』，又名『一杯倒』。」

「只喝一杯就會醉倒？」

「您試試吧！」

那胖漢向來海量，哪裡相信這種話。他豪邁地抓過酒杯，一口就喝乾了。

酒保便等著客人「咚」的一聲倒下。可細瞧那胖漢：臉，不紅；眼，不直；身子也不搖晃。只見他咂咂嘴，品品味，「嗯，果然是好酒。酒保，再來一杯！」

蝴蝶酒

酒保看呆了，心想：「怎麼回事？也許是毒性尚未發作？」無奈，只得再給客人斟上第二杯。

第二杯又是一飲而盡。

胖漢大叫：「快，接著來！」

這時小聖等三人已來到酒店門外。

小聖對三姐、蜈蚣婆說：「我先變化一下，進去探探動靜。」

話音剛落，小聖不見了。蜈蚣婆東張西望，三姐朝地上一指：「您瞧！」只見

一隻小壁虎三爬兩爬地越過了酒店的門檻。

酒店裡，那矮胖客人已把一壺酒喝了個底朝天。抹一抹嘴，扔下一小塊銀子，穩穩當當地走掉啦！

「咦，怪了！」早就在暗暗偷看的花蜘蛛，這時從裡面走出來，「蜈蚣淚怎麼不靈驗？」酒保說：「大爺，我聽說蜈蚣的兩隻眼睛不一樣，會不會——？」

「你是說，眼睛不一樣，眼淚也就不一樣？」

「是啊，也許一種眼淚是有毒的，一種眼淚是解毒的，兩種眼淚一摻合，毒性就抵銷啦！」

「有道理！」

花蜘蛛又氣衝衝地走下地窖，酒保跟在花蜘蛛後面。花蜘蛛和酒保都沒想到，隨著他們一起進入地窖的，還有變成壁虎的小聖。

地窖裡，花蜘蛛一把揪住蜈蚣娃，問：「老實說，你哪邊的眼淚有毒？說！」

蜈蚣娃說：「我也不知道。」

「怎麼會不知道？」

「因為我從來沒有毒害過別人。」

「原來是這樣……」花蜘蛛暗想，「應該讓這小子再哭出些眼淚，我好做個試驗。」

花蜘蛛知道蜈蚣娃只有想媽媽才會哭，便說：「你得再給我哭一次，要不然，我就再用我的絲把你媽媽吊得

高高的。」

蜈蚣娃一聽，立刻急哭了：「別那樣，別那樣！」

花蜘蛛便吩咐酒保拿來兩把酒壺，一把接在左眼下，一把接在右眼下。

接好了蜈蚣淚，酒保對花蜘蛛說：「不知道哪壺有毒，最好找個人來試試。」

花蜘蛛誇獎說：「好主意。你先試試吧！」

「可是，」酒保馬上開始發抖，「萬一我喝到毒酒呢？」

花蜘蛛說：「你的運氣不會這樣糟吧！」

酒保知道不喝不行了。他哭喪著臉，跪下，連磕幾個響頭，這頭不是給花蜘蛛磕的，「土地老爺，保佑我……」

牆上，變成壁虎的小聖聽見了，心裡嘀咕：「哼，我才不保佑你呢！」

酒保把兩把酒壺放到地上，然後用塊抹桌布蒙上自己的眼睛，接著跟陀螺似的轉了幾十圈，直到把頭轉暈了，這才聽天由命來摸酒壺。

摸到一壺，酒保打著哆嗦捧起來，卻怎麼也送不到嘴邊。花蜘蛛不耐煩了，奪過酒壺就要硬灌：「咕嚕咕嚕咕嚕……」

這回見效了。酒保覺得自己要飄起來，其實已經倒在地上，不一會兒就什麼都不知道了。

小壁虎悄悄爬出酒店，又變成了小聖。

見到三姐和蜈蚣婆，小聖便把裡面的情形說一遍。

聽到蜈蚣娃因為想媽媽已經哭過兩次，蜈蚣婆著急地說：「我們蜈蚣是很少

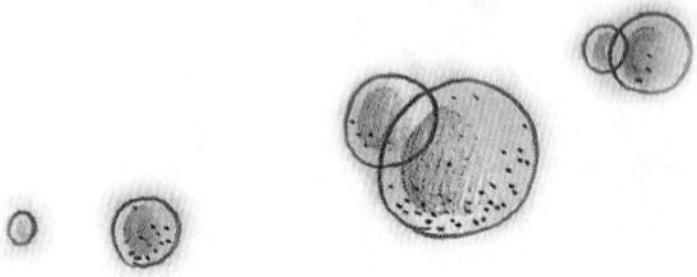

哭的，這孩子連哭兩次，是很傷身體的呀。」說著就要闖進酒店。

小聖攔住蜈蚣婆：「不能硬闖。我爸爸說過，蜘蛛精會吐絲纏人，很難對付的。還是要用點計策……」小聖便同三姐商量一番，讓三姐裝成客人，進店喝酒，見機行事，蜈蚣婆暫時還是不便露面。

「那你呢？」三姐問小聖。

小聖說：「我當然和你在一起。不過還得變一變。再變什麼呢？——有了。」

小聖變成一隻粉紅色的蝴蝶，飛到三姐的頭髮上。

「店家，拿酒來！」

花蜘蛛剛把睡得死狗一般的酒保拖到地窖裡，就聽到客人呼喚，而且還是女子的聲音，立刻精神抖擻，「來啦！」

花蜘蛛端著酒來走到前面，只覺眼前一亮，「啊，原來是位水靈靈的小姑娘。你的蝴蝶結真漂亮。」

三姐說：「不是蝴蝶結，是真的蝴蝶。」說著手一揚，那蝴蝶翩翩飛起，轉了一圈，又飛回三姐頭上。

「哈，」花蜘蛛說，「這是因為小姑娘跟花一樣美，跟花一樣香，才把蝴蝶都引來啦！」

三姐笑了，「你這掌櫃倒挺會說話的，能陪我喝幾杯嗎？」

「這……」花蜘蛛又驚又喜，「這點酒不夠喝的，我再去拿一壺來。」

有毒的酒已擺在三姐面前，花蜘蛛又取來那壺沒毒的，說：「咱們就一人一壺，看誰先醉！」

三姐說：「光喝沒意思，要喝就喝出點花樣來。咱們來喝『蝴蝶酒』，怎麼樣？」花蜘蛛問：「什麼叫『蝴蝶酒』？」

「這兒不是有隻蝴蝶嗎，讓牠隨便亂飛，看蝴蝶停在誰的酒壺上，誰就喝一杯。」花蜘蛛一想：這倒挺好玩，而且不論蝴蝶飛到誰的酒壺上，自己都不會吃虧。「行，開始吧！」

玲瓏三姐拍拍手，小聖變的蝴蝶便飛了起來，上上下下地繞著酒桌轉圈子。

花蜘蛛哈哈大笑，連聲叫著：「停下來！停下來！」

那蝴蝶果然漸漸飛得慢了，在兩把酒壺間晃來晃去……

眼看就要停到三姐的酒壺上了，蝴蝶忽然又飛起，繞著花蜘蛛的腦袋盤旋起來。

花蜘蛛的眼睛一直盯著那蝴蝶，只好轉動腦袋，結果被弄得眼花撩亂。

這時，玲瓏三姐運一口仙氣，一吹，一吸，把兩壺酒調換了位置。

蝴蝶又飛開，大大地繞了個「8」字，最後穩穩當當地降落到花蜘蛛面前的酒壺上。

「你先中彩了，」三姐笑道，「說好的，該你先喝。」

花蜘蛛抓一抓頭，「好，先喝就先喝！」

他提起酒壺，倒滿一杯。才喝了一口，就打起呵欠來。

這時，只聽一陣笑聲，粉紅色的蝴蝶無影無蹤，小聖挺胸扠腰站在酒桌上。

花蜘蛛的眼皮直打架，他忍著呵欠問小聖：「你是誰呀？」

小聖說：「告訴你也沒用，因為你再也醒不過來了。」

花蜘蛛還想說什麼，已經來不及了，只好「咚」的一聲栽下去。

小聖便去門口招呼蜈蚣婆，「好了，咱們到地窖裡去救蜈蚣娃吧。」

蜈蚣婆千恩萬謝，感激不盡。他們三個走下地窖，母子相見，悲喜交加。

此時酒店外又有來客。來的不是別人，卻是鼠精阿吱、阿喳手下的四個貓奴。

好酒越喝越清醒

四個貓奴想找點酒喝，偏偏找到了這家醉仙酒店。

他們走進店門，看見花蜘蛛躺在地上打呼嚕，便議論說：「店老闆怎麼睡在這兒？」「也不怕著涼。」店老闆身邊有一把酒壺，也像店老闆那樣躺倒了，酒潑了一地，桌上還有一把酒壺。

貓老大說：「這壺酒滿滿的，怎麼沒人喝？」

貓老二說：「我們來喝吧。」

貓老三說：「只有店老闆讓咱們喝，才能喝。」

貓老四說：「我來問店老闆。」

貓老四便問睡在地上的花蜘蛛：「老闆，我們想喝桌上這壺酒，您要是答應的話，就讓您的呼嚕停一停。」

大家等著花蜘蛛的呼嚕停下來。

可這呼嚕沒完沒了地打下去，根本沒有停一停的意思。

貓老二說：「讓我來問。」

貓老二是這樣問的：「老闆，我們想喝桌上這壺酒，您要是答應的話，就別讓您的呼嚕停下來。」大家就又等了一會兒，但呼嚕還是沒完沒了。

貓老二說：「行了，老闆算是答應了。有功的先喝酒。」他就提起酒壺先喝了一口。

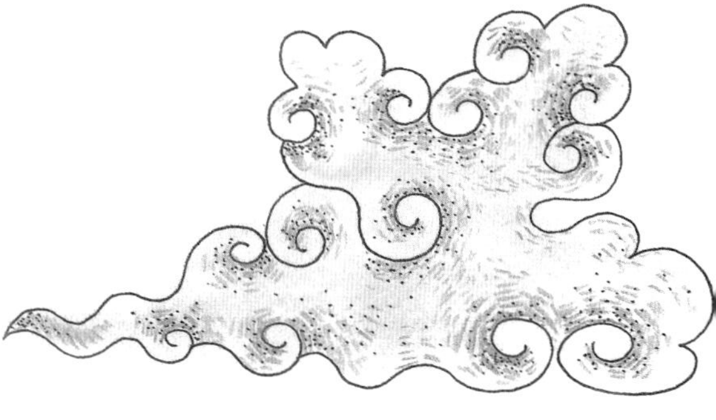

貓老三說：「老二喝過了，該輪到老三了。」

貓老大急了，說：「老大還沒喝過呢！」

他們你一口、我一口地搶著喝酒，爭吵聲驚動了地窖裡的幾位。

小聖和三姐搶先出了地窖。一見是貓兄弟，小聖叫道：

「貓奴們一定是來抓我的！」

但貓奴們直擺手，「別誤會，別誤會！」

蜈蚣母子也上來了。蜈蚣婆對兒子說：「咱得幫恩人一把！」

蜈蚣婆抄起板凳，蜈蚣娃抓起酒杯，朝著貓奴們打過去，扔過去。

貓奴們一看要遭殃，只好一邊躲讓，一邊慌忙退出店門。

三姐追出門外，作起法來。只見店堂裡的四只大酒缸，忽然排著隊出門去。

轉眼間又都離地而起，懸浮在空中。

三姐對貓兄弟們說：「你們不是喜歡酒嗎？」

話音剛落，四只大缸口朝下地翻了過來，缸裡的酒漿暴雨似地猛澆到貓奴們身上。

緊接著，「唰！」「唰！」「唰！」「唰！」四口大缸從天而降，貓奴們來不及逃避，全被罩在缸下。

蜈蚣娃叫得最起勁，「哇！全扣住啦！」

這時，從缸裡面「嗡隆嗡隆」地傳出貓兄貓弟的求告聲：「諸位息怒，是

魔藥『稀裡糊』害我們做了壞事。」

「現在我們都清醒啦！」

蜈蚣婆對三姐、小聖說：「這是耍花招，別相信他們。我是什麼人都不相信的，除了你們。」小聖卻道：「也許他們沒說假話。滴進蜈蚣淚的酒，一壺有毒，一壺卻能解毒，他們剛才搶喝的正是解毒酒。如果以前他們受了毒害，倒真能越喝越清醒呢！」

三姐點點頭，「是得問問清楚，小能不也是吃了『稀裡糊』嗎？我這就放他們出來。——起！」

一聲念罷，那四口大缸飛起，「乒乓乒乓」，竟在空中撞個粉碎。

貓兄弟要表示感謝，便由貓老大喊口令：「一，二，三——咚！咚！咚！」一起趴在地上磕響頭。

磕過了，謝過了，四兄弟便說出自己的來歷。

他們四個原是修煉成道的貓仙。聽說鼠精作亂，四兄弟一齊下山除害。

老大有面驅鼠旗。這旗指向哪兒，老鼠就糊裡糊塗奔向哪兒。比方說，旗向河裡指，老鼠們就頭都不回地朝河裡跑。

老二的法寶是震鼠鈴。一聽見鈴聲，老鼠無不頭痛而亡。

老三有根釣鼠竿。不用釣餌，百釣百中。

老四的迷鼠燈在晚上用，能照得老鼠分不清方向。老四常把燈掛在懸崖上，跳崖的老鼠便一批又一批的來……

阿吱和阿喳為了對付貓仙兄弟，去乾爸爸那兒借來了捆仙繩。借來的法寶剛開始還用不順手，需要練習練習，阿吱便在阿喳身上練習。某天總算練習成功了，捆仙繩「唰」地拋出去，捆粽子一樣，捆得阿喳「喳喳」叫。這時貓老大正好扛著驅鼠旗走過來了。貓老大見老鼠捆老鼠，覺得很稀罕，

便問阿吱：「你為什麼要捆她？」

阿吱說：「好玩呀。你不來玩玩嗎？」

阿吱說完，吹了聲口哨，立刻把阿喳鬆了綁，捆仙繩又飛回阿吱手中。

「這法寶不錯，我來試試！」貓老大被吸引了。

可還沒等貓老大走到跟前，「唰！」捆仙繩又從阿吱手中拋出，這次捆住的是貓老大！

貓老大使盡了法術，也沒能掙斷捆仙繩，不由誇道：「真是好寶貝。——行了，不玩了，捆得挺難受的，把這繩子收回去吧！」

阿吱笑道：「別急，先請你吃些點心。」

阿喳已拿來魔藥「稀裡糊」，便兩個按住一個，把藥硬灌下去。

這魔藥真邪門，貓老大立刻變得乖乖的。

阿吱收起捆仙繩，又叫阿喳取出一包魔藥。阿吱將藥交給貓老大，「這『稀裡糊』你帶回去，隨你攪在飯裡湯裡，反正一定要讓你的兄弟們吃下去。」

貓老大接過魔藥，建議道：「我的兄弟們鼻子都很靈，攪在飯裡怕被聞出來。只有摻進酒裡最保險，我們幾個都是見酒不要命的醉鬼啊！」

「這好辦！」阿吱立刻吩咐兩個小妖，「把你們偷來的酒抬一罈出來，要最好的。」

「遵命。」小妖說，「不過，要知道哪罈酒是最好的，每一罈都得嘗一口。」

等了半天也沒見酒抬出來。貓老大說：「他們肯定醉倒了。讓我自己去選一罈好酒，也得每一罈嘗一口……」

攪進魔藥的美酒使貓仙兄弟變成了貓奴。回憶起來，貓兄貓弟直歎氣：

「唉，咱弟兄壞就壞在酒上。」

「可今天，好也好在酒上！」

三姐聽了心裡一動，說：「看來，這摻進蜈蚣淚的酒能夠化解魔藥『稀裡糊』——」

「小能也有救啦！」小聖叫起來。

「可惜全被我們喝光啦。」貓仙們搖著空空的酒壺，抱歉極了。

小聖接過酒壺，捧到蜈蚣娃面前，「蜈蚣娃，你就再哭一回吧。」

蜈蚣娃說：「你們救了我，我正高興呢，哪裡哭得出來？」

見小聖急得抓耳撓腮，蜈蚣婆說：「想到我曾對恩人無禮，我倒要流下後悔之淚呢！」

見此情形，小聖又趕忙把酒壺送到蜈蚣婆面前。蜈蚣娃在一旁提醒道：「接在左眼下，

別接錯了。」「滴答，滴答……」

蜈蚣婆左眼淌出的眼淚，一顆顆滴落到酒壺裡。開始時滴得不算快，後來她越想越慚愧，越慚愧淚越多，不一會工夫已經滴了小半壺。

小聖說：「差不多夠了，別哭了。」

但蜈蚣婆說：「再哭一會兒。也許你兄弟中毒很深，少了不夠用。」

「可您不是說過，多哭會傷身體的嗎？」

「咳，」蜈蚣婆一揮手，「我小時候就愛哭，練出了哭功，一口氣哭它三四壺都沒問題！」

老鼠頭上拍蒼蠅

有了解毒的蜈蚣淚，就可以殺回鼠洞，去找阿吱、阿喳算帳了。

貓仙們自告奮勇：「我弟兄四個願意立功贖罪，擒拿鼠精！」

還是三姐心細，「不能亂來。那鼠精有捆仙繩，沒等你們捉住他，反被他捉了，須用計才行。」小聖問：「怎樣用計？」

三姐便從酒缸裡舀來一瓢酒，「稀里嘩啦」地潑到小聖身上。

「幹什麼？幹什麼？」小聖跳了起來，「弄得人家身上盡是酒味！」

三姐授計道：「你要裝成酒醉，被四位貓仙抓進洞去……」

小聖說：「我可從來沒喝醉過，怕裝不像。」

「我們教你！」四位貓仙常用醉步走路，這時便搶著給小聖做示範。

小聖極聰明，很快學成醉了的樣子，於是同蜈蚣母子揮手告別。三姐說：「你們先去，我會隨後接應。」

不一會兒，鼠洞前熱鬧起來。小妖出去張望，只見小聖歪歪倒倒，貓兄弟們推推搡搡。小妖趕忙向魔王阿吱稟報：

「大王，貓奴們抓住了小聖！」

聽到好消息，阿吱和阿喳樂得從貓皮椅子上跳了起來，說：「好極了，帶進來！」

小聖走著從貓仙那兒學來的醉步，一搖一晃，嘻嘻哈哈。進了大廳，他一眼瞧見：阿吱、阿喳的身旁站著小能，挺胸凸肚，手持石杵，完全像個保鏢的模樣。

小聖拿著一把酒壺，壺裡裝的正是特地為小能準備的解毒酒。可是，怎樣才能使小能喝進這酒呢？

小聖故意把酒壺往貓仙們面前送，「這麼香的酒，你們不喝……喝一口？」他又掀開壺蓋，讓濃濃的酒香在鼠洞裡飄來蕩去。

不過，小能從不喝酒，酒香對他不起作用。倒是阿吱這傢伙已經在淌口水了。

「小能，」阿吱吩咐道，「去把那酒壺給我奪過來！」

小能恭敬地應道：「是。」

小聖心中暗喜，「好，機會來了。」

等小能步步走近，要來抓酒壺，小聖猛地揪住小能的耳朵，仍用醉腔醉調說：「好，你來喝。不喝……是孬種！」邊說邊將壺嘴塞進小能口中，就要硬灌。

只聽一聲大喊：「慢！」伸過來一隻手，飛快地將酒壺奪了過去。

誰呀？原來又是狡猾的魔女阿喳。

阿喳警告阿吱道，「這酒來路不明，怎能瞎喝！」

一見此情，貓仙們急了。貓老大對阿喳說：「你怕來路不明，我先喝一口給你看，行了吧？」他想：反正是解毒酒，剛才喝過的，多喝一口沒關係。

但阿喳已經發覺：貓奴們平時十分馴服，今日神色卻有點不

對……

阿喳便向阿吱建議：「貓奴們擒敵有功，應該獎賞。」

「賞什麼好呢？」阿吱琢磨著，「我這兒有沒餡兒的包子……」

阿喳說：「不好。」

「沒瓤兒的桔子。」

「也不好。」

「沒跟兒的鞋子。」

「不好。」

「沒底兒的襪子。」

「更加不好。」阿喳吩咐小妖，「去拿四包『稀裡糊』藥粉，賞他們這個。」

貓仙們一聽，趕緊商量：

「糟糕，怎麼辦？」

「先下手為強，乾脆動手吧！」

貓仙們立刻捋袖揮拳，向鼠精撲去，「該死的老鼠，還當我們是貓奴嗎？」

阿吱見貓奴造反，一時驚慌失措，卻只聽小能大吼：「休得猖狂！」

小能見貓仙們沒拿兵器，便也扔下手中石杵，赤手空拳，以一擋四。比起貓仙們的那兩下子，小能自是身手不凡。你看他，一手扭住了貓老四，一腳踢翻了貓老三，緊接著貓老二和貓老大一起衝過來，小能揪住兩顆貓腦袋，把他們相互一撞，頓時發

出「叮鈴噹啷」的聲音。

小能說：「咦，挺好聽的！」

貓老大說：「因為我愛好音樂，腦袋裡裝滿了樂曲。」

「那就多撞幾下。」

「不行，吃不消啦！」

小能把四位貓仙交給小妖捆起來，轉身向小聖擺開架式，「現在該收拾你啦，小聖！」

見小能這樣兒，小聖真心疼，可又不能等著挨打。忽然靈機一動，想出妙招，便招招手，「小能別誇口，休說是打敗我，如果被你碰到一根毫毛，我就不是好漢！」

小能哪裡服氣，縱身揮拳，直朝小聖撲來。誰知竟撲個空，一眨眼的工夫，小聖已無蹤影。

只聽耳邊一陣「嗡嗡嗡」，小能定睛一看，見一隻蒼蠅圍著他腦袋直轉圈。

小能大叫：「小聖，你變成蒼蠅，我也認得出來！」

小能追著蒼蠅要打，那蒼蠅卻立即飛開，飛到魔王阿吱的左臉上。小能快步趕到，「啪」的一掌，阿吱的左臉立刻腫得老高。

阿吱一手摸著臉，一手指著小能：「你，你怎麼敢打我！」

小能說：「我是打小聖，他變成了蒼蠅。」

「那，蒼蠅呢？」

小能朝手上看，沒有；朝地上看，也沒有。

「咦，哪去啦？」

這時又響起「嗡嗡」聲，小能抬起頭一看，「啊，他又變成了蜜蜂！」

這蜜蜂似乎飛得很吃力，才飛了一會兒，就停在阿吱的右腮上喘起氣來。

「這回你跑不掉啦！——啪！」小能的第二巴掌更加響亮。

阿吱被打得話都說不清楚了，「蜜、蜜轟呢？」

「蜜蜂……」

小能朝手上看，沒有，朝地上看——有了！黃中帶黑的兩個……不對，明明只有一個的呀。再仔細看，不是蜜蜂，卻是阿吱被打落的兩顆牙齒。

「哈！哈哈！哈哈哈！哈哈哈哈！」

一聽就知道，這是貓老大、貓老二、貓老三、貓老四在笑。他們的手被捆住，不能動了，但嘴還能動。

一隻蜻蜓飛到阿吱後腦勺上。小能咬牙切齒，「好你個變化多端的小聖……」這次他瞄得準準的，使足了全部力氣——

這一掌下去，阿吱再也不抱怨了。他靜靜地

趴在地上，一動不動。

阿喳慌忙跑過來，將阿吱翻個身，這才看清楚：哥哥已經完蛋了。

阿喳趕緊對站在一旁的廚師說：「快，借我一塊手帕。」

廚師問：「要手帕幹什麼？」

阿喳說：「哥哥死了我不能不哭呀，可是沒有手帕就哭不成。」

廚師就掏出自己的手帕借給阿喳。可這手帕油汪汪、黑糊糊，已經有好幾年沒洗過了。阿喳一擺手，「不要！這麼髒的手帕叫我怎麼哭！」

另一個小妖借給阿喳一塊乾淨些的手帕。阿喳接過手帕剛要哭，只見一隻知了向自己飛過來，小能在後面邊追邊喊：「小聖又變成知了啦，讓我再來打。」

阿喳嚇得直嚷：「不，別打啦！」

「哼，這回我一定能打到！」

救命香請來乾爸爸

魔女阿喳怕被打死，慌慌張張地逃走了。

見此情形，小聖又變成一個小妖，跳到石墩上向眾妖發話：「現在兩位大王死的死了，跑的跑了，我們該選個本事最大的兄弟當新大王。」

大家亂哄哄同意。

一個尖牙小妖立刻站出來，他手提一把沉甸甸的銅鎖，說：「諸位，誰能咬斷這把銅鎖？」

「咬斷？」

「我可不想試，我還要留著我的牙啃花生米呢。」

老鼠們的牙齒都很厲害，但誰都不敢啃銅鎖。尖牙小妖偏有這個能耐，他有把握穩當新大王了。「嘿嘿，大家瞧好，我要獻醜了！」

尖牙小妖將他的尖牙在石壁上「霍霍」磨了幾下，回過身來，對準銅鎖張嘴就咬——

「慢！」

應聲走出一個長尾小妖，說道：「啃這啃那算不得大本事，牙齒畢竟不能當兵器。豈如我的長尾，能抽、能劈、能捲、能拖，民用、軍用都合適。不說別的，對付你

這銅鎖只當玩耍。閃開了！」

只聽「啪」的一聲，那小妖揚起長尾打了個響鞭，然後瞄準銅鎖當頭擊去——「噹啷！」眾小妖驚得目瞪口呆，長尾落處，那銅鎖果然「唰唰」劈作兩半。

尖牙小妖羞愧地退下，長尾小妖得意非凡地說：「要是沒人再爭，這王位就歸我啦！」

「把王位留著！」最後挑戰的是小能。——小聖早就料到他會來爭王。

小能走到眾妖前面，把他的如意石杵朝那兒一豎，對長尾小妖說：「用你的長尾，打我的石杵，不求打斷，只要能打倒，我就認輸。」

那長尾鼠精瞅瞅石杵，「哼，算不了什麼。」照樣揚起長尾打個響鞭，然後對準石杵攔腰一掃——「啪！哎喲！」石杵依然好好地站著，濺起的火星卻把老鼠尾巴燒焦了。

小能喊道：「誰不服氣，儘管來比！」

眾小妖都見過小能力擒貓仙的場面，誰敢不服氣？

小聖一直混在小妖中間冷冷旁觀，此刻趁機來向小能勸酒：「好，咱們敬新大王一壺酒，一定要喝！」

「一定要喝！」眾小妖也瞎起鬨。

小能從不喝酒的，這時強充好漢，說：「喝就喝！」

「咕咚咕咚」，小能一口氣喝下了這壺蜈蚣眼淚酒。

眾小妖齊聲喝采：「新大王真是海量！」

小能定一定神，覺得奇怪，「我怎麼是你們的大王？」

小聖一見此情，立刻現出原形，上前將小能一把抱住說：

「小能，你終於清醒了！」

小妖們剛開始還在發愣，忽然醒悟過來，「不好，快逃！」

小妖們剛想出洞逃命，只聽得「嗖！」「嗖！」「嗖！」「嗖！」四條貓影從頭頂越過。再一看，原來是四位貓仙搶先堵住了出口。貓仙們雖然雙手還被綁著，卻都是威風凜凜，令群鼠喪膽。「試試吧，你們別想過得去這道『貓牆』！」

小能趕緊幫貓仙們鬆綁，一邊解著繩子，一邊難受地道歉：「都怪我糊塗了！」

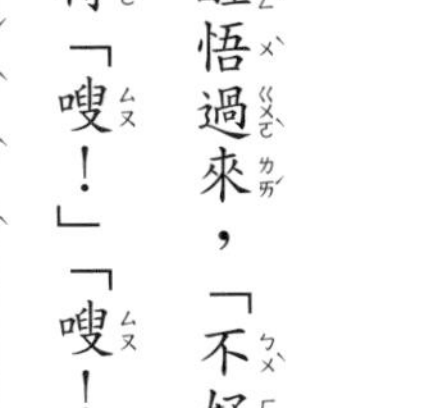

貓仙們卻不在乎：「沒什麼，我們也糊塗過。」鬆了綁的貓仙們很快從洞中找回各自的法寶。於是，貓老大揮動驅鼠旗，貓老二搖響震鼠鈴，貓老三掄起釣鼠竿，貓老四點燃迷鼠燈，趕得眾鼠精無處逃生……

趁這時，小聖和小能便來清查妖精的倉庫，這一查，不得了，吃的、穿的、用的、玩的，應有盡有，簡直可以開博物館。

小能看到一包一包的白粉，問小聖：「你知道這是什麼粉？能吃嗎？」

小聖笑道：「這就是把你害得不淺的魔藥『稀裡糊』啊。得全部毀掉，免得以後再害人。」

貓仙四兄弟正各顯神通，傳來一陣陣的鼠精哭叫聲。小能心最軟的，不忍心聽到這種聲音，歎氣說：「唉，那些老鼠好可憐。」

小聖說：「可他們是壞蛋呀！」

小能忽然心裡一動：「小聖，這『稀裡糊』能把好人變成壞蛋，也能把壞蛋變成好人吧？」

小聖搖頭：「不知道。」

「試一試吧，要是老鼠們不再做壞事，也會做好事了，那就不用消滅他們啦。」

小能便叫貓仙兄弟暫且住手，把魔藥給剩下的眾鼠精吃了。鼠精們吃了「稀裡糊」，先是叫「頭昏」，不一會兒也就安靜下來。再一看，模樣沒變，神態舉止卻不相同，原來一身賊相的老鼠，竟全都規規矩矩，老老實實。其中一個主動提出：「要不要把偷來的東西全部送回給失主？」

「好的，」小聖很滿意，「只是別送錯了。」

「不過，」又有老鼠問道，「要是失主的東西本來就來路不正，比方說，是偷來的、搶來的、騙來的、順手牽羊牽來的、近水樓臺撈來的、利用權勢逼來的……也要送回去嗎？」

小能說：「那就先要查清楚，這個冒牌的失主到底偷了誰？搶了誰？騙了誰？牽了誰？撈了誰？逼了誰？……然後把東西還給真正的失主。」

老鼠們都說：「要查清楚很麻煩的，但我們不怕麻煩，一定查深查細，一查到底。」

老鼠們從倉庫裡拿出各種贓物，分頭出發了。

小聖高興地對小能說，「這事你做得真棒。」

小能說：「咱們還得去抓魔女阿嗏！」

* * *

話分兩頭。其實，阿嗏剛才一出洞，便見眼前寒光閃閃，「哪裡走！」持劍截住阿嗏的是玲瓏三姐，她來接應小聖他們，早已守在洞口。

阿嗏見逃不開，便也舞動雙鉤，直逼三姐。

雙鉤對雙劍，這一對「叮叮噹噹」較量了幾十個回合，阿嗏漸漸不支。

「停一停！」阿嗏叫道。

三姐便收住劍勢，問：「怎麼啦？想擦擦汗？喘喘氣？還是肚子餓了，要吃些點心？」

阿嗏說：「你別不知好歹，你不知道我的乾

爸爸是誰嗎？」

三姐說：「我為什麼要知道你的乾爸爸。」

「我說給你聽，你就知道我也不是好惹的。」

「那我就聽聽，你的乾爸爸是誰？」

「聽好了，」阿喳翹起大拇指，「我乾爸爸九天之上誰人不知？他就是住在二十八星宿前面、四大金剛後面、霹靂大仙左面、赤腳大仙右面……」

「好囉嗦！」

「就快說完了……太白金星上面、太上老君下面的——李天王！」

三姐「哼」一聲，「堂堂李天王要你這樣一隻卑鄙骯髒的老鼠做乾女兒？」

阿喳說：「你不信？待我點起救命香，你等著瞧！」

阿喳便取出一個小小的香爐，將那救命香插在爐中，再用雙鉤打出火星，燃起香來。

頃刻間，香煙裊裊，升上天空。

阿喳對天跪倒，口中念念有辭：

靈香一炷，
求我義父。
女兒有難，
快來相助。

救命香一點點燃盡，成了一堆白灰。這時從南天門裡懶洋洋地飄出一朵青雲。因為李天王的體重越來越重，運載他的這朵青雲也就飄得越來越慢，將來總有一天會飄不動了。

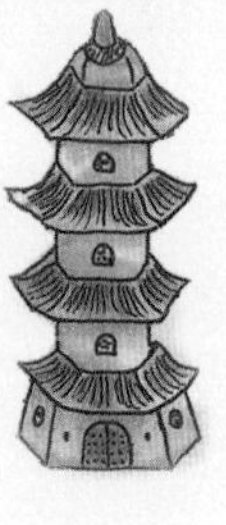

只聽李天王在雲端大聲訓斥：「阿喳！這兩天怎麼沒給我送好東西來？咱們不是說好了嗎？」

周銳作品集

幽默西遊之一：五嶽山神搶生意

2011年4月初版　　定價：新臺幣270元

著　者	周銳
繪　圖	賴美渝
發行人	林載爵

叢書主編	黃惠鈴
編　輯	張倍菁
校　對	趙蓓芬
整體設計	陳淑儀

出版者　聯經出版事業股份有限公司
地址　台北市基隆路一段180號4樓
編輯部地址　台北市基隆路一段180號4樓
叢書主編電話　(02)87876242轉213
台北忠孝門市：台北市忠孝東路四段561號1樓
電話：(02)27683708
台北新生門市：台北市新生南路三段94號
電話：(02)23620308
台中分公司：台中市健行路321號
暨門市電話：(04)22371234ext.5
高雄辦事處：高雄市成功一路363號2樓
電話：(07)2211234ext.5
郵政劃撥帳戶第0100559-3號
郵撥電話：27683708
印刷者　文聯彩色製版印刷有限公司
總經銷　聯合發行股份有限公司
發行所：台北縣新店市寶橋路235巷6弄6號2樓
電話：(02)29178022

行政院新聞局出版事業登記證局版臺業字第0130號

本書如有缺頁，破損，倒裝請寄回聯經忠孝門市更換。　ISBN 978-957-08-3793-3 (平裝)
聯經網址：www.linkingbooks.com.tw
電子信箱：linking@udngroup.com

國家圖書館出版品預行編目資料

幽默西遊之一：五嶽山神搶生意/
周銳著．賴美渝繪圖．初版．臺北市．聯經．
2011年4月（民100年）．200面．14.8×21公分
（周銳作品集）

ISBN 978-957-08-3793-3（平裝）

859.6 100005133

聯經出版事業公司

信用卡訂購單

信　用　卡　號：□VISA CARD □MASTER CARD □聯合信用卡

訂購人姓名：________________

訂　購　日　期：________年________月________日　　(卡片後三碼)

信　用　卡　號：________ ________ ________ ________ ________

信用卡簽名：________________(與信用卡上簽名同)

信用卡有效期限：________年________月

聯　絡　電　話：日(O)：________夜(H)：________

聯　絡　地　址：□□□ ________________

____

訂　購　金　額：新台幣 ________________元整

（**訂購金額 500 元以下,請加付掛號郵資 50 元**）

資　訊　來　源：□網路　□報紙　□電台　□DM　□朋友介紹

□其他 ________________

發　　　票：□二聯式　□三聯式

發　票　抬　頭：________________

統　一　編　號：________________

※ 如收件人或收件地址不同時，請填：

收件人姓名：________________ □先生　□小姐

收件人地址：________________

收件人電話：日(O)________夜(H)________

※茲訂購下列書種,帳款由本人信用卡帳戶支付

書　　名	數量	單價	合　計
		總　計	

訂購辦法填妥後

1. 直接傳真 FAX(02)27493734
2. 寄台北市忠孝東路四段 561 號 1 樓
3. 本人親筆簽名並附上卡片後三碼(95 年 8 月 1 日正式實施)

電 話：(02)27627429

聯絡人:王淑蕙小姐(約需 7 個工作天)